Tão longo amor
tão curta a vida

Helder Macedo

Tão longo amor
tão curta a vida

Rocco

Copyright © 2013 *by* Helder Macedo

"Edição publicada mediante acordo com
VBM Agência Literária"

Todos os direitos reservados. Nenhuma parte desta obra pode ser reproduzida ou transmitida por qualquer forma ou meio eletrônico ou mecânico, inclusive fotocópia, gravação ou sistema de armazenagem e recuperação de informação, sem a permissão escrita do editor.

Direitos desta edição reservados à
EDITORA ROCCO LTDA.
Av. Presidente Wilson, 231 – 8º andar
20030-021 – Rio de Janeiro, RJ
Tel.: (21) 3525-2000 – Fax: (21) 3525-2001
rocco@rocco.com.br
www.rocco.com.br

Printed in Brazil/Impresso no Brasil

preparação de originais
CARLOS NOUGUÉ

CIP-Brasil. Catalogação na fonte.
Sindicato Nacional dos Editores de Livros, RJ.

M119t	Macedo, Helder, 1935- Tão longo amor tão curta a vida / Helder Macedo. – Rio de Janeiro: Rocco, 2013. ISBN 978-85-325-2843-8 1. Romance português. I. Título.	
13-1941	CDD – 869.3 CDU – 821.134.3-3

O texto deste livro obedece às normas do
Acordo Ortográfico da Língua Portuguesa.

À S,
para que o emende

Pomo-nos bem de pé, com os braços muito abertos
e olhos fitos na linha do horizonte
Depois chamamo-los docemente pelos nomes
e os personagens aparecem
Mário Cesariny, *Manual de prestidigitação*

antes dos originais, retratar as cópias.
Padre Antônio Vieira, *História do futuro*

PAIS
que fazeis?
OS VOSSOS FILHOS
não são tostões
GASTAI-OS DEPRESSA!
Alexandre O'Neill, *Tempo de fantasmas*

E o esplendor dos mapas,
caminho abstrato da imaginação concreta,
letras e riscos irregulares abrindo para a maravilha.
Fernando Pessoa/Álvaro de Campos

Não amei bastante sequer a mim mesmo,
contudo próximo. Não amei ninguém.
Carlos Drummond de Andrade, *Claro enigma*

Nothing can we call our own but death.
William Shakespeare, *Richard II*

Mais servira, se não fora
para tão longo amor tão curta a vida.
Luís de Camões, *Sonetos*

SUMÁRIO

1 – O nome *11*

2 – O muro de Berlim *27*

3 – Metamorfoses *53*

4 – O sequestro *75*

5 – A pneumonia *95*

6 – Tempo de fantasmas *119*

7 – Repetições *143*

8 – Igual e diferente *165*

9 – O lago esvaziado *175*

10 – Ao virar da esquina *181*

11 – O original e a cópia *183*

12 – *Winterreise* *197*

1
O NOME

"O fato é que sempre tive mais dúvidas do que certezas."
"Tem a certeza?"
"O quê? Ah, está a ser irônico. Mas é verdade. E sempre achei que essa talvez seja a minha melhor qualidade. Notou o talvez, espero."
A noite prometia ser longa. Mas eu tinha dito que sim, que viesse. E até, se necessário, que poderia dormir na saleta-quarto lá em cima. Sofá japonês dos que se puxam as costas para a frente, depois para trás, e fica cama. Casa de banho minúscula mas isto não é hotel nem residência de diplomata.
"Não vai ser necessário. Terei de ir antes. Devo ter de ir. Por isso é melhor que você saiba tudo. Não, mas é verdade. O que lhe disse das dúvidas."
Obviamente ia continuar até não haver amanhã. Ou para conseguir que não houvesse amanhã. Afinal conhecendo-nos pouco, de início só de encontros ocasionais em funções públicas aqui e além. É certo que ao longo de vários anos. Na Embaixada em Londres, duas ou três vezes em Lisboa, uma vez na Gulbenkian em Paris. Ambos evitando grupos grandes em que ninguém ouve ninguém, gostos semelhantes, boas conversas, mas nada de exageradamente pessoal. Depois passou a telefonar-me antes de vir a Londres, para

saber de óperas e teatro que valesse a pena. Tornamo-nos tão amigos quanto é possível ser a partir de certa idade. E tinha lido alguns dos meus livros, o que sempre afaga o narcisismo. A dizer que gostava dos meus romances por serem inconclusivos. Não me pareceu grande recomendação mas ele explicou. Era como se a vida das personagens continuassem depois de o livro acabar. Ou como se só então pudessem começar. Considerava que deveria ser essa a função dos escritores. Libertar as personagens. Propiciar-lhes futuros. Dar-lhes o livre-arbítrio que não têm. Não sei se é verdade ou não mas tanto faz, o que importa é que era elogio. Em todo o caso, como geralmente acontece quando se fala dos outros, devia ser de si próprio que estava a falar. De ele próprio querer ser inconclusivo.

Desta vez já estava em Londres quando me telefonou. A pedir para vir a minha casa. Onde só tinha estado uma ou duas vezes, havia anos, nem sei como ainda se lembrava do endereço. Isto cerca das dez da noite. A dar a entender que estava numa situação complicada. Depois explicaria. Hoje em dia não tenho horários rígidos, portanto por que não? Estava visivelmente inquieto, pareceu-me mesmo que assustado. Mas a não dizer por quê, até que disse muito mais tarde, quando o que disse parecia ocultar mais do que revelar. Fui deixando que ele dissesse, presumindo que estava a querer explicar o inexplicado por vias sinuosas. Não quis comer nada, aceitou um copo de vinho que não chegou a beber, fiz mais café, a S foi-se deitar, e fiquei a ouvir as causas das dúvidas, os benefícios das incertezas e as origens da vida.

Mais ou menos o seguinte, a meio caminho entre o que ele disse e como me lembro de ele ter dito. Tanto quanto possível sem comentários e intervenções minhas. Em todo o caso a tentar reproduzir o seu modo de dizer as coisas, que é onde as coisas são ditas. Caso venha a ser necessário, já que ele sugeriu que talvez seja. Mas, até ser ou não ser, sem qualquer necessidade prática, apenas porque escrever é aquilo que faço, acabei um livro há mais de dois anos e comecei há dias outro que poderia perfeitamente não ser este que talvez venha a ser. Ainda à procura de personagens que me interessem, começo sempre por aí, o que lhes acontece vem depois como se por iniciativa delas. Logo veremos. A minha única preocupação é não estar sempre a escrever o mesmo livro sobre a mesma gente, a vistoriar o vistoriado. Não tenho muita paciência para eu ser sempre o mesmo, quanto mais as minhas personagens. Nem sequer quando as disfarço nas minhas próprias circunstâncias para poder ser quem não sou.

Bom, mas o meu inesperado visitante a dizer, como se isso fosse pertinente para a inexplicitada situação em que agora se encontrava, que mesmo o relativo sucesso da sua carreira profissional dependera, em larga medida, de circunstâncias exteriores à sua vontade. Não as tendo podido determinar, soubera, no entanto, utilizá-las, como aliás competia a um diplomata de um pequeno país com passado e sem futuro. E que assim conseguira ir parecendo ter-se tornado em quem se tinha tornado na sua vida pública, a cópia de quem poderia ter sido, sabendo embora que poderia ser outro noutras circunstâncias. Ou até nas mesmas, como afinal são as circunstâncias de todos quando reduzidas às essências que, em resumo, consistem em ter-se nascido de alguém, mesmo se a contragosto de parte a parte, e em morrer-se só, mesmo se acompanhado pelo boca a boca do pronto-socorro. Mas a acrescentar, depois de outra golada de café frio, que se habituara a coabitar consigo próprio no tempo de permeio entre ter não sido e ir não ser, como toda a gente.

Entretanto se beneficiara de ter sido novo demais para participar nas guerras coloniais. Que foram transformando causas em efeitos quando os poderes instituídos de Portugal pretenderam manter uma visão do passado como imagem do futuro. Depois se beneficiou do que parecera ter sido uma revolução parecer ter mudado a imagem do futuro durante uns tempos. O povo unido, que até então não sabia que o era e em breve esqueceria que o fora, saiu à rua, penitenciou-se do passado, imaginou-se no presente, e Portugal tornou-se independente das colônias.

"Você é que disse isso uma vez. Que foi Portugal que se tornou independente das colônias. A escandalizar os bempensantes presentes. E eu adotei o conceito. Embora já não seja inteiramente verdade, é claro. Agora emigra-se muito para lá."

É claro. Como tudo, é e não é inteiramente verdade. Mas pelo menos tinha deixado de ser necessário ir matar gente em África como dever patriótico para patrioticamente regressar sem braços ou sem pernas e com a cabeça cheia de não ter entendido por quê e para quê. Os dúbios benefícios do Império foram substituídos por subsídios não totalmente desperdiçados do Mercado Comum Europeu, até que afinal tinham sido desperdiçados e agora estamos nesta. Hábitos antigos de viver à custa de riquezas alheias para um depois que logo se veria o que podia ser. Em todo o caso as condições de vida da maioria da população melhoraram durante uns tempos, isso era justo reconhecer, os governos passaram a ser eleitos e deseleitos como lá fora, a corrupção democratizou-se, a ineficiência normalizou-se, houve quem se alegrasse, houve quem se inquietasse, e também houve aquele comentário de um antigo governante em confortável exílio no Brasil: "É o progresso... Dantes estávamos nós no poder. Agora estão os nossos primos."

"O que também não é inteiramente verdade. Sei por experiência própria. Nem todos somos primos dos primos."

Por uns tempos tinha passado a haver também lugar para alguns não primos razoavelmente compatíveis e para algumas mulheres discretamente desenvoltas. Na carreira diplomática, por exemplo, e vinha a propósito porque foi o seu caso, quando o redesenhado futuro nacional necessitou que se abrissem consulados e embaixadas em países até então excluídos dos mapas ideológicos. Os sobreviventes da velha guarda encarregaram-se de treinar os novos diplomatas a tornarem-se tão indistinguíveis de si próprios quanto possível e assim se assegurou a desejável evolução na continuidade. O país ficou suspenso entre o que tinha sido e o que poderia ter vindo a ser. Também hábitos antigos. Afinal, quinhentos anos antes, tinha havido um rei que desapareceu numa tarde de sol africano e que haveria de voltar um dia destes para resolver tudo numa manhã de nevoeiro europeu.

"Sendo assim, continuamos todos à espera. Portanto continuei à espera. E portanto tudo o que me foi acontecendo foi como se não fosse a mim que aconteceu. E eu sempre à espera. Comigo excluído de quem passei a ser."

Ele não era primo de ninguém mas, pelo menos, tinha um nome suficientemente neutro para não envergonhar: Victor Marques da Costa. E até com a vantagem de aparências alternativas em várias línguas: Márquez, Markus, Cuesta, Coste, Kostas, e aí por diante. Victor talvez revelasse uma excessiva intenção voluntariosa por parte de quem lho deu, mas da Costa há muito deixara de trazer consigo a memória de presumíveis tráfegos esclavagistas na costa de África, poderia igualmente ser referência a algum antepassado que tivesse vivido pacificamente na costa junto ao mar. Sobretudo com a ajuda de uma vírgula criativa.

E eu:

"?!"

Sim, isso mesmo, uma vírgula criativa, como lhe tinha acontecido havia poucos dias, aqui em Londres. Que eu desculpasse, não me tinha dito antes que vinha a Londres porque desta vez era para ter sido uma visita rápida e meio secreta, para uma espécie de *think tank* sobre a exportação da democracia para os povos oprimidos.

"Você conhece o gênero: armas apaziguadoras, bombardeamentos salutares, destruições benéficas, torturas tonificantes. Tudo isto com a crise econômica a ajudar."

E notou que estava a ser tratado com especial deferência. Ele, que não sabia atirar uma pedra com uma fisga nem nunca tinha roubado um ninho às aves. Percebeu o porquê quando viu na lista dos participantes que tinha havido uma vírgula acidental no seu nome completo: Victor Silva, Marques da Costa. Os ingleses não percebem nada de acentos, menos ainda dos circunflexos, trataram-no por *Marquess*, com um inútil *s* acrescentado, e ele, para o prestígio do seu país, não desmentiu. E também porque nesse caso poderia passar a ter tido um senhorio ancestral silvestre nalguma costa marítima, não era? Ficou a imaginar como deveria comportar-se para ser marquês. Talvez andar mais direito, de cabeça erguida, olhar firme e gestos confiantes. Procurou lembrar-se do que acontece no teatro quando um ator faz, por exemplo, de rei numa peça de Shakespeare. E concluiu que não, que o ator não precisa de andar o tempo todo com a coroa na cabeça, pode perfeitamente passear-se pelo palco como se estivesse de roupão em casa, os outros atores é que lhe fazem vênias ou dizem mal dele pelas costas, e é por isso que toda a gente fica a saber que aquele é o rei. Ou que deixou de ser, como o coitado do Ricardo II.

No fim da última reunião de trabalhos, um oligarca russo e um saudita oleaginoso vieram convidá-lo a ir com eles a um clube exclusivo que eles sabiam, com umas escravas sexuais quase virgens recentemente importadas do Leste da Europa.

"Não tenho saco nem bolsa para escravas remendadas e, já que era marquês, desculpei-me dizendo que tinha um convite da rainha para jantar no Buckingham Palace. Certamente entenderiam que não podia recusar. A genealogia também serve para confundir. E depois, tal como a memória, para esquecer."

Desde sempre conseguira confundir memória e esquecimento. Tinha herdado do pai a ambição de estar onde não estava e da mãe o desejo de não estar onde estava. O pai terminara a vida como um discreto afinador de pianos, depois de uma juventude boêmia tocando nos bares da zona portuária. A contiguidade marítima tinha tornado possível que, nos anos intermédios, andasse embarcado nos paquetes da carreira de África até as guerras os transformarem em transportadores de tropas sem direito a orquestra. A mãe ambicionara ser cantora de ópera e dava aulas extracurriculares de solfejo num colégio particular. E ele, segundo os documentos, nascera em Lisboa. Mas os pais diziam que tinha nascido numa ilha que não vinha nos mapas, e ele preferia que tivesse sido assim.

Nunca soube exatamente os pormenores da vida dos pais antes de ter nascido ou, já que segundo os especialistas dessas atrapalhações congênitas nenhuma criança consegue integrar no seu imaginário a sexualidade dos pais, porventura teria preferido não saber. Tinham-se encontrado no mar, presumia. Um mar metafórico, é claro, como em poesia. Bom, o pai tinha sido músico de bordo. Mas a mãe? Passageira do navio? Cantora com a orquestra? Uma jovem rebelde, foragida da família? E que família teria sido a dela? E, já agora, a do pai embarcado? E então o que aconteceu? Tudo teria sido possível, nada era certo. Talvez algum crime hediondo que os unisse. Um crime era pouco provável, eram pessoas respeitadoras da lei. Mas teria sido interessante. Ou talvez, mais nobremente, perseguições políticas de que tivessem precisado de esconder-se. Ou provavelmente nada disso, mais provavelmente apenas um casamento banal, de gente vinda da província para a cidade, sem amigos ou proteções de família. Poderia ter verificado tudo isso, é claro.

"Bom, sim, verifiquei mais ou menos. Mas sem querer de fato saber. Preferi deixar as coisas como eles as tinham deixado. Por uma questão de respeito. E também porque percebi que uma coisa dita e uma coisa acontecida são coisas diferentes. Entre as quais nem sempre é necessário escolher. Se calhar é o que vocês, escritores, sempre souberam. Embora nem todos. Ou nem sempre. Mas julgo que você sabe."

Quaisquer que fossem essas coisas que aconteceram ou que poderiam ter acontecido, os pais certamente se esforçaram para lhe dar um futuro melhor do que teria sido o passado deles. Mas enquanto não havia futuro, todas as histórias fantásticas que lhe contavam e que poderiam ter sido sobre eles próprios aconteciam num *lá fora* que simultaneamente lhe estimulava a imaginação e desviava a curiosidade. Ele escutava-as como se fossem transposições de música em palavras que depois, nos serões em que a mãe cantava acompanhada ao piano pelo pai, reencontrassem a música adequada como versos de uma ária, de um *Lied*, de uma cançoneta de *vaudeville*. E isso lhe bastava para entender que, não importa o que mais lhes tivesse acontecido, tinha de fato havido entre eles *um grande amor* que estaria ainda a ser manifestado no isolamento ativo da sua vida suspensa, sem amigos ou parentes ou sequer retratos que não fossem dos três e do cão que, com a passagem do tempo, não poderia ter sido sempre o mesmo mas que era como se fosse porque era sempre um labrador preto e era sempre chamado Piloto. Os pais cumprimentavam os vizinhos com distante delicadeza e estes, passado algum tempo, habituaram-se a não esperar deles mais do que isso. E ele também se habituara àquele pequeno universo simultaneamente confinado e propiciador de amplas vidas imaginadas num inespecificado *lá fora* de expectantes possibilidades.

Quando era adolescente ficava horas a desenhar mapas onde mudava a localização dos países, articulando-os em novas combinações mas de modo a caberem em espaços equivalentes noutras partes do mundo com formas, cores e fronteiras diferentes, outras populações, outros passados históricos, outros futuros possíveis. E escrevia por baixo, patrioticamente, como lhe tinham ensinado que devia ser em todas as circunstâncias: *Portugal*. Mas os mapas também poderiam ter sido, sem que então o pudesse entender e só retrospectivamente poderia ter pensado, um exercício de livre-arbítrio que lhe permitia preencher, como se por escolha própria, o espaço indeterminado entre o acidente do nascimento e a inevitabilidade da morte. Pensaria igualmente, com aquela incerteza sobre si próprio que os jovens têm por ainda se sentirem próximos da morte de onde vieram, que ele poderia ter sido uma das inumeráveis outras pessoas que nunca chegaram a nascer e que por isso nunca poderão morrer, ficando eternamente a gravitar em volta de quem não foram, como personagens de novelas.

"Os jovens sentem-se imortais porque ainda se não habituaram à vida, você não acha? Depois habituamo-nos e morremos. Ou desnascemos, não é?"

Ainda assim foi cumprindo sem desvios aparentes os seus deveres escolares e completou em devido tempo um apropriado curso universitário de História e Geografia que lhe confirmou que Portugal era grande e que o seu glorioso passado seria o futuro imaterial da humanidade. Estudou textos antigos e modernos a comprová-lo. Enquanto aguardava o porvir, ia tendo um convívio superficialmente fácil com os colegas, teve uma quase namorada que talvez desejasse poder ter amado ou, melhor ainda, ter sido amado por ela, mas nunca lhe ocorreu passar uma noite fora de casa, como também nunca achou necessário dizer aos amigos onde morava. Mesmo já depois de adulto, quando ele e os pais regressavam a casa das suas respectivas tarefas tributáveis, ao fim da tarde, deixava de haver lugar para o mundo dos outros.

"Presumo que também por uma questão de respeito. Não sei. Ou sim, talvez. O que não sei é respeito por quê ou por quem. Isso é que eu deveria ter sabido e ainda não sei."

O pai e a mãe escolheram morrer, sem espalhafato, quando ele completou o curso universitário que os pianos e o solfejo haviam propiciado e já se sabia que seria aceite na expandida carreira diplomática. Numa manhã, achando estranho que os pais ainda se não tivessem levantado, eles sempre tão pontuais ao pequeno-almoço, foi encontrá-los deitados, abraçados um ao outro, com um frasco de barbitúricos vazio na mesa de cabeceira. Teriam querido enganar a solidão da morte, foi o que ele mais tarde conseguiu pensar, reencontrando-se no grande amor que haviam transferido para ele até poderem deixá-lo entregue a uma vida sem eles no vasto lá fora do mundo dos outros. E assim foi.

Os três tinham morado num arrabalde pobre na zona oriental da cidade, numa velha casa de renda barata e muros esboroados que desde havia muito deveria ter sido demolida ou colapsado por vontade própria. Enquanto não se desintegrava de todo, era suficientemente espaçosa para também acomodar o piano e o cão. Depois da morte dos pais, mudou-se para um pequeno apartamento mais sólido no centro da cidade. Deixou o cão envelhecido e o piano desafinado entregues ao seu próprio destino por já não caberem na sua nova vida, e aproveitou o tempo e o espaço livres para se exercitar numa compensatória sequência de namoros ativados pela nova militância feminina então em curso. Começando por uma terapêutica senhora mais velha, casada com um diplomata marginalizado do antigo regime que ainda pairava como uma sombra nos corredores do Ministério. As mulheres gostavam que ele gostasse delas e ele ia fazendo o que podia para que gostassem dele, sempre atento e respeitador dos desejos dos outros.

Instalado nas suas novas circunstâncias, pôde também sem grande esforço permitir que os diplomatas mais antigos e os novos colegas mais tradicionalistas interpretassem, de acordo com os seus próprios valores e antecedentes sociais, a nostalgia que genuinamente lhes dizia sentir pelos serões musicais em casa dos pais, com o cão a querer também participar, de cauda contente ou testa franzida consoante a mãe cantava áreas alegres ou *Lieder* melancólicos, ele próprio muitas vezes partilhando o piano com o pai, os dois a acompanhá-la a quatro mãos. Nada do que recordava do seu passado seria inteiramente mentira nem era inteiramente verdade. Tal como, quando mais novo, desenhava mapas coloridos com os países mudados a ocuparem espaços equivalentes noutros lugares, assim também gostava de imaginar recordações que poderia ter tido.

Gostava, por exemplo, de recordar que tinha vivido numa casa grande, com outras ao longe. Talvez noutro país. Poderia mesmo não ser assim tão grande mas que, quando era pequeno, tivesse parecido grande. No campo, numa colina com árvores em volta, sobre um rio de água verde. Certamente gostaria depois que assim tivesse sido então. Havia um piano na sala, isso sem dúvida que havia, tocado por mãos invisíveis enquanto ele ficava a ouvi-lo no jardim e as aves cantavam ao som do piano. O espaço desabitado entre a casa e o rio fazia medo por não se saber o que lá pudesse estar à espera. O cão, o Piloto, acompanhava-o sempre. Pêlo negro, com um vinco na testa, entre os olhos que ficavam a olhá-lo até entender o que estava a querer que ele quisesse, o vinco ficando mais profundo com o franzir da testa, o nariz úmido e trêmulo de expectativa. O cão começara por ser do seu tamanho. Depois, quando ele cresceu, levantava-se sobre as patas de trás para chegar à sua altura, a querer abraçá-lo de contentamento por afinal ambos continuarem a ser os mesmos. Às vezes a fazê-lo cair para ficarem da mesma altura, os dois a rir, cada um com gargalhadas à sua maneira.

Ao fim da tarde iam investigar o que poderia haver oculto pelas árvores no espaço secreto entre a casa e o rio. Fazia um medo bom, que gostavam de partilhar, o cão a levantar as sombras que subitamente se transformavam em corpos fugidios entre as raízes das árvores, ele a observar os reflexos luminosos do sol que saltitavam dos ramos mais altos para os mais baixos até tudo em volta ficar escuro e só se ouvirem sons abafados que pareciam chamá-los debaixo da terra. Um dia o cão desapareceu. Disseram que estava velho e que tinha morrido. Mas ele não acreditou, ficou à espera que voltasse de entre as árvores. Até que outro dia deixou de haver música, a casa ficou silenciosa, as aves deixaram de cantar, e ele mudou de casa. Esqueceu-se de chamar o cão e o cão nunca voltou.

Depois, agora, onde tinha ido morar, no centro da cidade, as casas estavam pegadas umas às outras. Havia muitas casas. É certo que as casas estavam enraizadas em vales e em colinas. E que também se via o rio a entrar no mar, depois das últimas casas, mais ao longe. Casas brancas, casas amarelas, algumas cor-de-rosa. Também alguns prédios mais altos, a pontuarem a simetria dos telhados. Mas, sobretudo, o verde fazia-lhe falta. Havia poucas árvores e as que havia estavam aprisionadas em parques com grades em volta ou tinham sido alinhadas como guardas ao longo das ruas. Eram árvores que obedeciam a uma vontade alheia, não tinham vontade própria. Ou talvez tivessem toda a vontade concentrada nas raízes ocultas debaixo do chão. As raízes de algumas árvores cresciam tanto em segredo que rachavam o asfalto. O rio, ao longe, às vezes ficava esverdeado, mas era quase sempre mais cinzento do que azul.

"E portanto tudo passou a ser assim. Mais cinzento do que azul. Com o verde a fazer falta."

Portanto ou não, não teria precisado de mentir, nem de fato mentiu, para que gradualmente passasse a ter tido, já que o nome não permitia verificáveis ancestralidades aristocráticas, pelo menos um passado de burguesia rural empobrecida, sem dúvida preferível à estridência das novas visibilidades sociais de outros colegas da sua geração.

"Tornei-me, em suma, num diplomata condigno do nosso país. Naquele que você conheceu todos estes anos."

A despeito disso, ou também por isso, quando chegou a altura de ser enviado para o seu primeiro posto no estrangeiro, a velha guarda decidiu que o mais adequado seria a Alemanha do Leste, em Berlim, do lado de lá do muro, na punitivamente decadente zona monumental da capital dividida do país separado de si próprio. Que portanto iria ser, para ele, o lado de cá do muro. Mas pelo menos sabia alemão por causa das óperas de Wagner e dos *Lieder* de Schubert.

O colega que ia substituir pertencia ao gênero semiparvo de quem já sabe tudo. Voltara de Berlim como se nunca tivesse ido, mas ainda assim procurando informá-lo do essencial, à despedida, com um comentário que pretendia irônico e algumas recomendações que presumiu úteis:

"Parece que a música, no gênero, não é má. Pesadota. Da que você deve gostar. E aguente-se com o Brecht. Mas tenha cuidado com as mulheres e com as escutas. Boa sorte! Ah, e dê lembranças ao Otto."

2
O MURO DE BERLIM

"Você conhece Berlim, é claro."

"Mal. Quase não. Umas horas. Quando fui à Feira do Livro de Leipzig. O meu tradutor acompanhou-me. Um tipo excelente, a querer mostrar-me tudo. Tinha chovido na véspera, estava um dia transparente, de sol aguçado. Como nas *Cristalizações* de Cesário. E eu a arrastar a mala, com as rodas empancadas pelos restos de lama nas poças de água. Chegamos a Berlim no fim da manhã, de comboio, regressei a Londres de avião ao fim da tarde. Mas foi o bastante para achar uma cidade fascinante. Para querer voltar."

"Ah, mas agora está muito diferente. No tempo do Otto era muito diferente."

Otto era funcionário da Embaixada e estava à espera dele no aeroporto quando finalmente se desenvencilhou das burocracias complicadas mesmo para diplomatas de países menos hostis. Como o Otto tinha sido recrutado localmente pudera permanecer na Embaixada desde a sua abertura, enquanto os diplomatas de carreira foram indo e vindo. Tinha nascido em Portugal, de mãe ariana nazi e de pai judeu comunista que, neutralizando em bom tempo as respectivas ideologias, resolveram o conflito graças à neutralidade portuguesa na Segunda Grande Guerra. Otto optou portanto por ser português para poder continuar a ser alemão. E até teria podido adquirir mais algumas nacionalidades, passou por várias metamorfoses de bons em maus e de maus em bons em vários continentes até que, em viagem oposta à dos pais, encontrou na RDA um conveniente refúgio do antigo regime português, que entretanto hostilizara tomando o partido oposto nas guerras de África. E depois de alguns problemas também com a Stasi encontrou na Embaixada um salutar abrigo do refúgio.

Era alto, com um longo rosto magro num largo corpo germânico, olhos de palhaço triste, com as curvas laterais das pálpebras descaídas, maneirismos de comediante que tivesse sido adestrado nos *cabarets* de Berlim de entre as duas guerras embora, mesmo sendo mais velho do que novo, não pudesse ser assim tão velho. Dava uma inflexão jocosa a tudo que dizia, até às informações mais banais, por exemplo, sobre a conveniência de o *Herr Doktor* se preparar com a roupa adequada para o gelo de Berlim, que não tardava. Era como se estivesse sempre a falar em linguagem cifrada ou em metáforas, estando e não estando.

"Portanto gostei logo dele. Disse-lhe que não me chamasse nem *Herr* nem *Doktor*, mas depois percebi que para ele era um tratamento irônico e passei a deixar."

Transmitiu-lhe as lembranças e mencionou-lhe as recomendações do colega do Ministério. Otto ignorou as lembranças — "Ah, esse..." — com um encolher de ombros de quem já tinha aturado muitos naquele gênero, e depois bateu com dois dedos no *tablier* do carro como se para verificar se um microfone estava ligado:

"Atenção, atenção! *Achtung, Achtung!* Transmitindo!"

Sim, claro que estavam nesse momento a ser escutados, havia microfones escondidos em toda a parte, até nas casas de banho da Embaixada. Não valia a pena tirá-los porque punham logo outros mais modernos. Mas que o *Herr Doktor* não se inquietasse, em breve nem pensaria nisso, era uma medida profilática democraticamente aplicada a toda a população, incluindo a metade que fazia escutas à outra metade. Tal como esta fazia à outra, bem entendido. Acabava por ser como se ninguém soubesse nada de ninguém por todos saberem tudo de todos. Era a coletivização da privacidade. De modo que quando alguém era preso, ou torturado, ou desaparecido, nunca era pelo que toda a gente já sabia. Esse era o único problema, não se saber por quê.

Música? Bom, também sim, na Embaixada conseguiam sempre bilhetes para a ópera e para o *ballet*, eram parte das obrigações diplomáticas, com o governo e o comitê central presentes nas estreias, de medalhas ao peito. Geralmente produções tradicionais, mas boas vozes e ótimas orquestras. Ainda bem que gostava. Ele passava sem. Mas quem tratava dessas coisas era a secretária social, que certamente também saberia de concertos e de música de câmara. Ela ou a filha. A rapariga é que era das músicas. A estudar para cantora. Aliás um talento. Uma beleza. Mal por mal, o Otto preferia o Brecht, que ao menos era a desejar o que não tinha acontecido e não a fingir que já tinha acontecido, como alguns dos atuais dramaturgos. Mas, ao contrário do que tinha sugerido o semiparvo do Ministério, havia ali ótimos atores e encenadores. Afinal era esse o treino de toda a população da RDA, fazer teatro.

"Mas oiça, faça como eu e não diga nada a ninguém, não é preciso, e com estatuto diplomático até é mais fácil: de vez em quando vá fazer uma visita ao outro lado do muro para beneficiar-se dos malefícios do capitalismo. Versão francesa, versão inglesa e versão americana. Já reparou que as três bandeiras têm as mesmas três cores? Só os desenhos mudam. Entretanto, aqui, os das escutas ficarão a saber tudo que lá fizer, como é normal. De modo que não tem que se preocupar, pode fazer lá tudo que eles gostariam de fazer aqui."

Tinham chegado à frente do prédio da Embaixada, relativamente discreto a despeito da bandeira e menos soturno do que outros no que havia sido a zona nobre da cidade dividida, perto da antiga Friedrieschstrasse, do mais recente Café Karl Marx, e portanto não longe do bloqueado Arco de Brandenburgo.

"O Café Karl Marx ainda lá está. O meu tradutor chamou-me a atenção. Vi de longe. Com o mesmo nome."

"Mas você já não viu o muro, é claro."

"Não, já não havia. Só turistas ao pé do arco, a tirar fotografias do muro que não havia."

"Agora parece incrível, não é? Que nesse tempo houvesse."

Otto apontara na direção do muro que naquele tempo havia, num gesto de ampla admiração:

"Um monumento de cento e quarenta e três quilômetros. Convenhamos que não há nada tão grandioso no Ocidente! Só a muralha da China." A dirigir-se mais aos das escutas do que a mim, com a menção à China como uma provocação adicional.

O Otto a divertir-se.

"Bom, mas das cautelas recomendadas pelo colega no Ministério faltava ainda a referência às mulheres. Fui dizendo ao Otto que sim, que o rapaz era de fato meio parvo para ele não achar que eu também mas, já agora, queria saber. As mulheres. Difíceis? Perigosas?"

Otto estacionou o carro pouco antes da Embaixada e ponderou um momento. Soprou um não prolongado, a significar que também sim porque era mais complicado do que isso. Só se fosse por não precisarem dos homens. Educação garantida pelo Estado, carreiras profissionais asseguradas pelo Estado, filhos subvencionados pelo Estado. Percentagem de mães solteiras mais alta do mundo. Creches gratuitas. O pai de todas as mulheres é o Estado. O marido é o Estado. O pai de todos os filhos é o Estado. Bom, sim, claro, as mulheres da RDA viviam na maior frustração. Recomeçou o carro e entraram nos portões da Embaixada. Concluiu:

"Vai ver pela nossa secretária social. A Frau Nachtigal. Terrível criatura. Passado sinistro. Mas a ter cuidado é com a filha."

Victor Marques da Costa não teve.

"Sim, meu caro senhor escritor. O Otto bem me avisou, mas não tive. E foi assim que começou tudo. A razão de eu estar agora aqui em sua casa. De lhe ter pedido abrigo. Que horas são? Duas? Bom, temos até de madrugada. Não está com sono, não?"

"Não, que ideia. Sou meio arraçado de vampiro, vou acordando pela noite adiante. Sobretudo com esses seus mistérios."

"Por enquanto não há mistério. Isso foi depois. Muito depois de Berlim. Foi agora em Londres. O mistério começou na noite do *think tank*. Ainda há café?"

"Está frio. Vou fazer mais."

"Não, deixe. Frio serve. Portanto. A filha."

Simplesmente aconteceu-lhe o que em épocas mais inocentes ou mais propensas ao misticismo se teria chamado amor à primeira vista ou encontro de almas predestinadas.

Hoje em dia os desmancha-prazeres das psicologias de otomana reclinada teriam gulosamente anotado — *"ach so!"* — que a Fräulein Lenia Nachtigal era sete ou oito anos mais nova do que ele, como a mãe tinha sido do pai, e que estava a iniciar uma carreira de cantora de ópera, como a mãe nunca conseguira. Ah, e que ambas eram *mezzo* capazes do registo de soprano. Mas isso teriam sido más-línguas freudianas, considerando que uma era mais alta do que a outra, que uma tinha cabelo ruivo-escuro e a outra castanho quase preto, e que uma teria pouco menos de vinte anos enquanto a mãe sempre tivera, pelo menos para o filho, idade de ser sua mãe. A não ser, bem entendido, que se tratasse de um édipo musicalmente transposto do mi menor de mata o papá e casa com a mamã para o sol maior de toca o piano e dorme com a cantora.

"O fato, no entanto, *my dear professor*, é que o Dante nunca teve direito a ir para a cadeia por pedofilia lá porque a Beatriz que amou em *terza rima* ainda não tinha treze anos. E ainda por cima ela era italiana e temente a Deus."

Lenia Nachtigal era alemã e materialista histórica. Ou pelo menos meio alemã, a mãe não tinha nem nunca quis ter a certeza. O pai até poderia ter sido o Otto, que se refugiara na RDA no fim dos anos sessenta e, feitas as contas, daria perfeitamente para ser. Mas as contas também poderiam dar para outros hipotéticos inseminadores, nacionais e estrangeiros. A então jovem senhora trabalhava, sob os prestimosos auspícios da Stasi, nos serviços sociais de acolhimento a nem sempre bem-vindos refugiados e foi aí que conheceu Otto. Um dia ela decidiu que era a altura de ter uma criança, desativou as precauções anticoncepcionais, e fez programaticamente que acontecesse. O pai de Lenia poderia portanto ter sido também um dos outros refugiados que ela controlava, ou um dos compatriotas que a ajudavam a controlá-los, ou até um cooperante mais ativo da União Soviética que por ali andasse. Isso ela deixou à sorte, sem preconceitos. E só percebeu que não teria sido um persistente bolseiro angolano ou um camarada cubano de passagem porque a menina lhe saíra branquinha e ruiva, se bem que dum ruivo-escuro que só à luz se percebia que era ruivo, e com olhos verdes, se bem que de um verde fundo que à sombra por vezes parecia quase negro.

Otto arranjou à senhora um nicho de, supostamente, secretária social na recém-instalada embaixada em 1975, quando ele próprio tinha sido contratado como o indispensável funcionário com conhecimento local que continuava a ser. A polispérmica senhora estava cansada de integrar refugiados no sistema social, mas ao menos tinham sido úteis para ir aprendendo várias línguas, incluindo um razoável português. E como em todas as embaixadas tinha sempre de haver alguém que secretamente espiasse para a Stasi, o irrefutável argumento de Otto foi que esta tinha a grande vantagem de já se saber que seria ela. Foi também o modo de ele conseguir apaziguar os impulsos mais nefastos da noturna senhora Nachtigal e de poder ir mantendo uma presença atenta junto à linda e radiosa menina que cada vez mais teria desejado que fosse sua filha. Até lhe ensinou um português melhor do que o da mãe.

Estas circunstâncias obviamente teriam estado na origem do comentário que Otto fez, quando iam do aeroporto para a Embaixada, sobre as ambíguas consequências das mulheres da

RDA não precisarem dos homens. Mas nem o paternal Otto nem a materna espia alguma vez mostraram saber, e certamente logo souberam, dos inocultáveis amores do Herr Doktor Victor com a Fräulein Lenia. Afinal Otto também havia desde logo ironizado que a grande vantagem de todos saberem da vida de todos naquela sociedade era tudo o que lhes dizia respeito ser tratado como secreto. E que essa seria afinal uma maneira de se respeitar a privacidade dos outros, no seu reverso. Em suma, havia leis.

"É a lei" era a expressão mais frequente de Lenia, viesse ou não a propósito.

"Quando foi à ópera comigo pela primeira vez, sugeri que fôssemos de carro. O embaixador não ia, podíamos ir no carro oficial, com luxos de motorista. Eu a querer fazer figura junto dela. Mas ela respondeu muito séria que tínhamos de ir a pé porque é a lei."

Ele era um novato cheio de ideias feitas, entendeu aquilo como uma evidência da repressão das liberdades individuais naquela sociedade, ia invocar o seu estatuto diplomático, mas depois pareceu-lhe que Lenia estava a ser irônica e que talvez, como cumpria a uma jovem idealista, estivesse pelo contrário a manifestar uma atitude política contra a usurpação oligárquica da ópera pelos motorizados poderes estabelecidos, ou qualquer coisa politicamente correta desse gênero. *Touché*. Mas não, nem isso, era simplesmente porque a Deutsche Staatsoper ficava perto e era uma noite de lua cheia num céu aveludado, a merecer um passeio a pé *unter den Linden*.

Sim, levou-lhe algum tempo a entender o sentido de humor de Lenia e, sobretudo, quanto haveria nele de uma autoironia que seria também o seu modo de subverter as leis enquanto as respeitava. Se houvesse herança genética em tais coisas como ironia, ela seria bem mais a filha do hipotético Otto do que da indisputável mãe, que nesse aspecto era estereotipicamente carente.

Acontecia, no entanto, que, para fazer jus à carreira de cantora que a sua inegável qualidade prometia, Lenia tinha mesmo regras rigorosas a cumprir no Conservatório, exigindo uma dedicação total, com horários para seminários de formação musical, para exercícios de voz, para récitas competitivas, para os inevitáveis encontros de doutrinação política e para os não menos extenuantes exercícios físicos. Naquele ferocíssimo sistema, o seu indubitável talento era menos valorizado como uma qualidade pessoal do que como um dever social. Era o materialismo histórico em ação que, quando transposto para a correspondente matéria da formação musical, exigia um treino de atleta equivalente ao de uma trapezista ou de um corredor de fundo, numa relação de causa e efeito que incidia tanto nos músculos que produziam os sons quanto nos sons produzidos pelos músculos. Quanto mais ela satisfazia as exigências dos seus mestres, mais severamente a criticavam. Por isso era evidente que esperavam muito dela, sendo de prever que lhe seria atribuído um dos papéis principais na récita de fim de curso, no ano seguinte, e porventura logo a seguir uma não menos prestigiosa estreia profissional num pequeno papel na Komische Oper, se não mesmo logo na Staatsoper.

Sendo assim, o tempo disponível para prosseguirem os seus potenciais amores estava limitado às poucas horas disponíveis depois do Conservatório. E mesmo isso porque, sendo para ir ouvir música, podia ser justificado como uma extensão das suas obrigações profissionais. Iam, é claro, aos vários teatros de ópera de Berlim, mas também a concertos orquestrais ou de música de câmara ou a récitas de *Lieder*. E a algum teatro, incluindo o afinal sempre instigante Brecht, mas sobretudo às produções teatrais mais clássicas para, como Lenia justificou, aprender com os atores a arte de ser outra para poder ser ela própria, enquanto que no treino de cantora tinha de ser ela própria para poder ser outra. A diferença fora-lhe acentuada por um encenador do Deutschestheater, que também gostava de trabalhar em ópera.

"Essa diferença está na origem de tudo o que depois aconteceu. Ser ela própria e ser outra. Mas vamos por partes."

Lenia nunca quis que ele a acompanhasse a casa. Talvez para que ele não visse as condições difíceis em que vivia desde que decidira não continuar no apartamento da mãe, preferindo privações a privilégios porque era a lei. Depois dos espetáculos, cada um seguia para seu lado porque ela tinha de se deitar cedo para estar no Conservatório às oito da manhã. Despedia-se colocando um dedo sobre os lábios dele, numa simultânea promessa de beijo adiado e exigência de que entretanto não protestasse. E para confirmar que teria sido inútil fazer qualquer comentário, acrescentava ao dedo disciplinador o seu inevitável "É a lei". Mas também era o que dizia quando marcava novo encontro, sempre num lugar público, com o local e a hora exatamente especificados:

"Então até amanhã. *Bis morgen*. É a lei."

Foram fruindo desta ainda assim feliz partilha prenunciadora de maiores intimidades, até que Lenia um dia declarou, muito séria, que tinha de concentrar-se mais no seu trabalho e que portanto não podia continuar a perder tantas noites. Ele ficou magoadíssimo e nem o dedo prontificado conseguiu impedi-lo de lastimar em voz mordida que ela considerasse que estar com ele era perder tempo mas que, sendo assim, muito bem, ela é que sabia, ele respeitaria a sua decisão, sempre tinha respeitado, ou ela nem sequer tinha dado por isso com todas as absurdas leis que ela própria inventava, e assim por diante, como cumpria a um amoroso rejeitado, quase em lágrimas.

Ela deixou-o queixar-se até ao fim, com visível agrado. Cruelmente, foi o que ele então pensou. Mas Lenia depois disse, de novo ambiguamente, ainda saboreando a sua própria malícia:

"Tens de arranjar um piano para as noites."

E então riu.

"*Nein, nein*", não era em vez de estar com ela, era para poder estar mais tempo com ela! "*Du bist...*"

Mas não disse o que ele era, porque logo lhe indicou, beijando-o ao de leve nos lábios em sinal de tréguas — foi o seu primeiro beijo — que a sessão de maldade estava terminada. Então informou-o de que já tinha conseguido um piano muito razoável, emprestado pelo Conservatório. Ela não tinha espaço no quarto onde morava. Caberia no apartamento dele?

"Coube, é claro. Nem que não coubesse. Teria deitado uma parede abaixo! Foi instalado no dia seguinte."

Ele tinha-lhe mencionado várias vezes os serões musicais em casa dos pais, a coincidência de a mãe ter querido ser cantora de ópera, a semelhança do timbre das vozes, tudo isso que o fizera sentir-se tão próximo de Lenia desde que a conhecera.

Falara-lhe também do pai, mas sobretudo para dizer que afinal tão pouco sabia dele, embora menos ainda da mãe, e que no entanto sempre lhe bastara sentir o amor que os unia como parte de si próprio. Presumia que se tinham conhecido num barco, numa viagem, mas mesmo isso se misturava com histórias de viagens que poderiam ou não ter sido a mesma. Disse que talvez fosse por isso que, quando mais novo, gostava de desenhar mapas com países que não havia.

Nada do que fora contando a Lenia, misturando memórias e fantasias, tinha sido de forma organizada, eram fragmentos que ela foi juntando. Também lhe contara um sonho angustiado que tinha tido, já em Berlim, em que as paredes da casa onde vivera com os pais se desfizeram como se fossem de espuma, o cão, que andava sempre com ele, tinha ficado dentro da casa, o pai tinha tentado salvá-lo mas o cão também era de espuma e desfez-se quando o pai pegou nele. Lenia tinha-o sempre ouvido sem comentários, mostrando apenas que gostava de o estar a ouvir contar os seus segredos. Depois disse:

"Tu contaste-me que tocavas com a tua mãe quando eras mais novo, não foi?" Mas que tudo isso se tinha desfeito para sempre. "Como a tua casa se desfez, não foi? É portanto agora a minha vez." Isto dito como se fosse uma sequência lógica que simultaneamente levasse a uma promessa e trouxesse uma obrigação. Depois acrescentou, criticamente: "Porque tu tiveste pai e eu não. Só o Otto, mas ele é mais um amigo do que um pai. Um pai nunca poderia ser tão amigo de uma filha. E agora és tu."

Ele não entendeu o que ela teria querido dizer. Agora era ele o quê? Talvez ela própria tivesse querido dizer mais do que poderia entender. Mas, para já, tinha dito o suficiente para ambos.

Passaram a encontrar-se no apartamento dele nas noites em que não houvesse um espetáculo obrigatório. Da primeira vez ele tinha preparado, como se num cenário oitocentista, uma ceia de intimidade. Mas Lenia nem quis provar o champanhe que ele tinha conseguido repescar da Embaixada, dizendo agressivamente que não queria ficar com corpo de cantora de ópera e já tinha comido o suficiente nesse dia. Mesmo assim — ou por isso, já que o álcool promete sempre mais do que permite cumprir — acabaram nessa noite por fazer mais amor do que música. Mas não antes de Lenia o ter aconselhado a executar escalas ao piano todas as manhãs, para recuperar as mãos. E de lhe lembrar, fechando cuidadosamente o piano, que também havia as leis do prédio e não deviam incomodar os vizinhos com música a partir das dez. Então soltou o cabelo, que habitualmente trazia preso na nuca. Era uma cascata negra, com matizes vermelhos. Depois despiu-se, arrumando cuidadosamente as peças de roupa sobre as costas de uma cadeira.

"Com uma lentidão exasperante. Pensei que se calhar apenas a ser poupada. Austeridade socialista. A querer poupar a roupa. A cumprir a lei. Mas não. Sádica. Torturadora. Filha da Stasi."

Vinha do seu corpo um leve perfume de flores maceradas. E ele então pensou, contemplando, deslumbrado, a sua "transubstancial nudez" (foi a expressão que lhe ocorreu) que, se um perfume tivesse cor, aquele perfume de "trevas luminosas" (também a expressão que achou adequada) seria da cor do seu cabelo.

"É uma associação que desde então faço sempre. As cores e os perfumes. A cor dos perfumes."

E assim se foram descobrindo um ao outro, noite após noite, durante vários meses. As iniciativas e as invenções partiam sempre dela, com meticulosa sensualidade. A gostar de levá-lo até ao limiar da dor. Às vezes para o outro lado. Filha da Stasi. Dentes carnívoros, de fome concentrada por jejuns. A deixar-lhe marcas de sangue no corpo. A segurar-lhe as mãos se ele procurava impedi-la. Era a sua maneira de amar. A dele foi submeter-se, desejar que assim fosse. E acabou por gratamente perceber que essa aparente reversão dos papéis convencionais de agente e de paciente nem por isso a tornavam a ela menos feminina nem a ele menos masculino. Simplesmente, libertava-os para serem como eram nos seus corpos complementares.

"Era tudo novo para mim. Tornei-me coisa dela. É uma expressão que você usa num dos seus livros. Por isso você deve entender. As mulheres nos seus livros também são sempre mais ativas do que os homens, não são?"

"*No comment...*"

Além de tudo o mais que lhes estava a acontecer no reverso dos destinos, pareceu-lhe que a voz de Lenia se tinha tornado mais ampla, com matizes novos, capaz de um registo mais alto. Seria verdade? Experimentou umas oitavas no piano, que Lenia atingiu sem esforço. E ela depois confirmou que sim, que no Conservatório também já tinham comentado. Que ela agora também era soprano mas que poderia voltar a ser *mezzo* quando fosse mais velha. E era só graças a ele que tinha progredido tanto:

"Estás a ver como é bom obedecer à lei?"

Ele ia protestar, modestamente, ainda a dedilhar o piano: "Eu a lei? Aqui no piano...? Mas quase não... E continuo a tocar tão mal! A lei és sempre tu. Eu sou tudo menos a tua lei!"
Ela, a rir:
"*Nein, nein*, não no piano! A lei depois do piano!"
Portanto essa era a lei, a lei dos seus complementares comportamentos, que era ele ser mais expectante do que ela e ela mais atuante do que ele. Na verdade, a Lenia por vezes fazia-lhe aquela espécie de medo que ele se lembrava de gostar de ter tido quando era pequeno. Mas ficou por um momento perturbado — a sentir-se usado, se é que não mesmo violado — pensando que talvez, para ela, a própria sexualidade que tão destramente executava seria um instrumento de trabalho, ao serviço da sua carreira. Parte das leis que cumpria. Com orgasmos tão eficientes quanto os exercícios físicos para os músculos ventrais e peitorais que sustentavam a voz. Ou então seria ele que continuava a não entender o seu sentido de autoironia.

Como artisticamente previsto, mas talvez também politicamente predeterminado com a ajuda implícita da mãe, a finalista Lenia Nachtigal foi escolhida para o papel feminino principal na ópera de fim de curso. Pensaram primeiro na *Lulu* por causa do Jack, *o Estripador,* ser um produto do capitalismo mas decidiram que o Alban Berg era demasiadamente ambíguo e concentram-se numa ópera mais tradicional, talvez Verdi ou Puccini. A *Tosca*, por razões óbvias, estava fora de questão. Scarpia teria sido uma provocação inaceitável. Depois de alguma hesitação sobre uma *Madama Butterfly* que denunciasse o imperialismo americano — mas a memória da aliança da Alemanha com o Japão durante a guerra não seria politicamente oportuna — a preferência foi para a *Traviata*, ideologicamente justificada como um confronto entre o capital, manifestado nos valores alienados dos Germont, pai e filho, e o trabalho, representado na poluída Violetta Valéry, a "dama das camélias" degradada à condição de proletária do sexo. Essa dimensão seria devidamente acentuada na tradução alemã do *libretto*, a ser distribuída aos espectadores. E não apenas na cena em que Alfredo Germont atira um maço de parasíticas notas de banco ganhas no jogo de cartas em pagamento da sacrificial Violetta Valéry mas, sobretudo, na opressão capitalista inerente à humilhação anterior dela pelo Germont-pai. Essa seria a cena crucial da ópera, em volta da qual tudo mais girava.

O encenador fora especialmente convidado do Deutschestheater, onde tinha apresentado uma interpretação inovadora do *Othello*. Não a ópera de Verdi, a peça. Na sua leitura do texto, o conflito em causa não era primordialmente racial, esse estava lá mas era acessório, a raça era apenas um complicador circunstancial, do mesmo modo que o ciúme também era uma expressão circunstancial da tragédia mais profunda de Otelo. E essa tragédia derivava do fato de o próprio Otelo ser um traidor, um islamita renegado a lutar contra os seus antigos correligionários islamitas. Só isso podia explicar que ficasse tão vulnerável às toscas intrigas de Iago — que diabo, um lenço! — e que acreditasse tão facilmente poder ser traído por Desdêmona. O pai de Desdêmona tinha-lhe dito, no primeiro ato, que se ela traiu o pai também poderia trair o marido. Fora um aviso acusatório, uma maldição que caiu em terreno fértil. Para quem já tinha traído, ser traído era uma óbvia possibilidade, uma expectativa que o próprio Otelo iria tornar numa inevitabilidade suicida quando, no fim da peça, mata em si "esse cão circuncidado".

O encenador lembrava-se de Lenia o ter consultado sobre como reconciliar a inevitável artificialidade do canto com a desejável naturalidade da representação teatral. "Dentro de si", teria ele respondido. Acrescentando que há sempre um ponto de vulnerabilidade que é comum à personagem e ao ator ou atriz que a interpreta. Essa seria a entrada de uma veracidade para outra, a transformação de uma na outra. E fê-la entender o modo como isso acontecia quando iniciou os ensaios da *Traviata* em julho, com a cena do Germont-pai e da Violetta Valéry, mas sem música.

Para aquele encenador, nos termos do antigo debate sobre as precedências na ópera, vinham sempre primeiro as palavras e só depois a música. O seu propósito imediato foi mostrar o modo como a agressividade acusatória do patriarca contra a amante do filho se foi transformando na expressão de uma sexualmente sedutora compaixão paternal (*"piange, piange, o misera"*) que era também o modo mais eficiente de obter o pretendido resultado, tornando-a ela própria no instrumento da sua destruição. E quando o encenador trouxe a música para as palavras, não precisou de acentuar que a voluntária aceitação da morte por Violetta Valéry (*"morò"*) era expressa por Verdi numa marcha triunfal correspondente a um sadomasoquista clímax orgástico desencadeado pelo que, ao nível das emoções, equivalia a um ato de violação sexual dessa jovem mulher pelo homem de quem ela teria desejado ser a filha *si bella e pura*, e por quem se sacrificou para com ela se poder identificar.

"Uma violação incestuosa, portanto. Você talvez não se lembre, mas um dia até falamos na carga erótica dessa cena. Sem eu mencionar a encenação alemã e a Lenia. Na altura não teria parecido vir a propósito. Você estava a querer fazer-me inveja com as vezes que viu e ouviu o Tito Gobbi no Covent Garden, disse que o Gobbi foi o único que deu essa dimensão. A ser um Germont pai cruel e sedutor, a dosear sabiamente a punição e a compaixão. Não é do meu tempo mas, a julgar pelas gravações, o Gobbi também era um espantoso Scarpia, na *Tosca*. Acho que o encenador alemão estava a pensar na *Tosca* que não podia levar à cena. O Germont pai seria portanto uma espécie de Scarpia paternal, o Scarpia que ganhou. Mas naquela produção foi a própria Violetta quem melhor deu essa dimensão. A minha Lenia. A fazer apelo aos piores instintos do barítono. Que respondeu como pôde, coitado, mas exagerou na malevolência. Pouco sutil, era inexperiente. Era outro finalista, um rapaz novo demais para perceber essas maldades criativas. E eu também era novo demais."

A récita teve lugar na sexta-feira 22 de setembro de 1989 e foi um considerável sucesso. E sim, todos concordaram que Lenia Nachtigal tinha conseguido exprimir a sensual vulnerabilidade da personagem como se fosse a sua própria natureza — olhos de criança triste, lábios de mulher expectante, beleza cansada de si própria — revelando-se não apenas a cantora de extraordinária promessa que já se sabia que era mas também uma notável atriz, como não teria sido possível prever porque essas coisas só acontecem no palco.

"Totalmente diferente do seu afirmativo comportamento habitual, portanto. E foi isso que me deixou mais perturbado.

Não perceber quando ela estaria a representar. Se era quando estava a sós comigo ou se era quando estava no palco à frente do público."

No palco Lenia teria encontrado, ou tinha revelado, uma vulnerável orfandade de que ele nunca tinha suspeitado. O seu amor por ela ficou enriquecido por uma protetora compaixão que nunca sentira por ninguém. Desejou que tivessem juntos um filho, não, o que desejou foi que tivessem uma filha que, por ser dela, ele pudesse proteger de todos os males do mundo.

Os outros espectadores teriam percebido apenas a mensagem política, é claro. O que acontecera foi que, tal como no *Othello* de Shakespeare, naquela *Traviata* o encenador tinha virado o feitiço contra o feiticeiro. Em vez da recomendada transferência ideológica do drama burguês para uma confrontação política entre o capital e o trabalho, a ópera tornara-se numa subversivamente correspondente confrontação entre o paternalístico poder do Estado e a aquiescente submissão filialmente suicida da sociedade. Numa metáfora da RDA, portanto.

"E aqui, meu caro, você desculpe, mas se calhar vou entrar em delírios de causa e efeito. Entre a arte e a vida. Entre premonições e acontecimentos. Não é muito marxista da minha parte, mas hoje em dia já não é obrigatório. Ou então é marxismo às avessas. Em versão portuguesa, como dizia o Otto. Veja só:"

Era evidente que a jovem atriz-cantora Lenia Nachtigal percebera o que a personagem Violetta Valéry nunca teria podido perceber. Ou seja, percebeu que a Violetta morreu pelo que não tinha percebido. Percebeu as palavras antes da música.

Portanto a Lenia, a usurpada Lenia, percebeu que para sobreviver tinha de matar o pai. Caso contrário não poderia haver música antes das palavras nem palavras antes da música. Que estava num impasse, em suma. Mas que pai, se não tinha pai? E como? Até que as palavras e a música se juntaram.

O diretor artístico da Gewandhaus, o maestro Kurt Masur, até então celebrado pelo regime, iniciou um protesto público sem precedentes, a pretexto da prisão de um músico que nem sequer era da sua orquestra. Isso foi no mês seguinte.

"Olhe, foi em Leipizig, onde você esteve. Julgo que era um músico itinerante, nem sei se alemão."

E então as artes tomaram conta da política. As repercussões em Berlim foram imediatas, desencadeando outros protestos por outros pretextos. Poucos dias depois, o líder histórico da RDA, Erich Honecker, foi forçado a demitir-se pelos membros do seu próprio governo. No dia 15 de outubro, atores, encenadores e músicos de todos os teatros de Berlim reuniram-se no Deutschestheater. Lenia Nachtigal estava com eles quando, em 4 de novembro, marcharam à frente de uma enorme multidão para a Alexanderplatz. A Stasi não interveio. Algumas secções da muralha foram demolidas em 9 de novembro. A Stasi deixou acontecer. A Porta de Brandenburgo foi aberta em 22 de dezembro. A Stasi cooperou.

"Você talvez tenha lido o livro, ou certamente viu o filme, *A vida dos outros*. Era como se o filme e o livro, feitos anos depois, tivessem antecipado o que aconteceu, e não o contrário. A arte a antecipar a política. Outra vez música antes das palavras e palavras antes da música, portanto. O que eu quero dizer é que às vezes não se sabe o que acontece primeiro, se é o passado ou se é o futuro."

Muitos dos manifestantes, como veio depois a saber-se e de alguns já se suspeitava, eram eles próprios informadores da Stasi que haviam denunciado colegas, amigos, maridos, mulheres, irmãos e irmãs, filhos e pais. Tal como a mãe de Lenia certamente havia mantido um vigilante olhar policial sobre as atividades da filha. Que talvez por isso tivesse querido ir viver sozinha logo que pôde, preferindo as privações à cumplicidade com a mãe. A Lenia não tinha pai que a pudesse ter denunciado ou que ela tivesse podido denunciar, e teria desejado não ter a mãe que tinha, mas até então soubera sempre quais eram as leis. Crescera com elas. Tornara-se nelas. Naquele dia confraternizou com todos os outros, celebrando a queda do muro: com os leais, com os desleais e, sobretudo, com a grande maioria a que pertencia dos beneficiários neutros, ou mesmo irônicos, das redutoras regras do paternalístico regime, como ela própria havia sido até então. Com o muro também estava a colapsar tudo o que até então ela tinha sido e tinha querido ser, e que agora não podia saber o que fosse. Certamente não porque receasse não vir a ter novas oportunidades de trabalho na zona já não confinada de Berlim que havia sido a do seu conivente confinamento. Pelo contrário, teria certamente mais e melhores oportunidades. Mas teria percebido que, para haver futuro, tinha primeiro de desfazer o passado. Matar o pai que não tinha. Desobedecer à lei que a tinha oprimido protegendo-a. E teria também percebido que, continuando ali, não saberia que futuro poderia querer ter, porque ela própria era o seu passado.

Otto tinha-lhe falado, desde pequena, do distante país onde nascera, insistira em que ela aprendesse aquela língua de vogais ocultas, encorajou-a a ler os poetas que ali ninguém mais conhecia, como se os seus poemas fossem um código secreto que ambos partilhassem. A dizer que havia um que escrevia como se fosse pessoas diferentes para poder viver como se fosse sempre o mesmo e outro que viveu como pessoas diferentes para poder escrever como se fosse sempre o mesmo.

"Era o que o bom do Otto gostava de dizer quando falava de Portugal. Até a mim dizia esse tipo de coisa. Era a sua teoria da vida, um modo de não estar onde estivesse. Nisso fazia-me lembrar o meu pai. E a Lenia era a filha que ele desejava que fosse sua."

Também seria um modo de Otto a fazer entender melhor o país onde viviam, com o passado nazi a confundir-se com o futuro comunista num presente esvaziado. Dizia que em Portugal se praticava uma espécie de materialismo histórico às avessas, com um heroico passado triunfante no lugar do proletariado triunfante no futuro. E que portanto era preciso ter muito cuidado, porque as duas coisas eram imagens uma da outra, como aqueles dois poetas demonstravam. Mas nesse tempo a Lenia teria apenas entendido que havia em Otto uma grande nostalgia por tudo que poderia ter sido. E assim aquele distante e imponderável país que não conhecia tornara-se, para ela, numa imagem poética de liberdade interior, na metáfora de possibilidades de vidas só alcançáveis na imaginação.

"Olhe, meu caro, não sei. Ajude-me você a entender o grande equívoco disto tudo. Se é que foi equívoco. E de quem foi o equívoco. Depois a Lenia conheceu-me, e eu era o emissário desse reino sem rei onde o passado era a história do futuro. Ela, como cantora, achava muito estranho que os portugueses não pronunciassem claramente as vogais, como os italianos. Eu tornei-me para ela no país das vogais ocultas."

Mas Lenia teria sobretudo gostado da vulnerabilidade expectante com que ele a fazia sentir-se mais forte do que talvez pudesse ser. Deixou que ele a amasse e desejou poder amá-lo. Mas agora não teria querido continuar a ser ela a mais forte, a ter ela de continuar a ser o seu próprio pai.

"No dia seguinte, depois da noite da récita, a Lenia veio dizer-me, perturbadíssima, que tinha sonhado o sonho que eu lhe tinha contado. Como um sonho próprio sonhado por ela. Na noite da récita. Depois da récita. O sonho sobre a casa que se desfizera em espuma. Mas a acontecer-lhe a ela. Com ela dentro da casa em vez de mim. A dizer-me que tinha sentido um pavor irracional de mim porque ao mesmo tempo que sonhava sabia que o sonho era meu. Que eu é que a tinha obrigado àquele sonho."

Teria portanto depois também pensado outra coisa, ao querer entender o que causara aquele sonho. E o que então teria pensado deve tê-la feito sentir qualquer coisa muito pior. Pode tê-la feito sentir que ele, o Victor, era um fantasma do seu próprio passado, como ela se tornaria do seu se ali continuasse. Teria percebido que tinha amado nele uma forma sem substância. Que tinha sido amada pela forma sem substância que era ele. Que ele não era o emissário de um país real que pudesse existir nos mapas verídicos, mas de um país inexistente num mapa imaginado. Ele próprio, afinal, a tinha prevenido que assim era, como se estivesse a recordar os mapas que inventava na juventude. O que ele lhe tinha trazido do lado de lá do muro era um simulacro de vida desenhado num mapa feito do que não existia. E ela só tinha sido salva da morte que ele lhe trouxera como uma aparência de vida porque tinha havido a lei, porque tinha havido a muralha paterna a protegê-la dele e de si própria.

"Você acha que isto faz algum sentido? Na altura para mim não fez, não entendi nada do que me estava a querer dizer. Nesse tempo eu amava-a. Nesse tempo eu achava só que a amava. Mas agora não sei se alguma vez a amei. Agora sei lá se isto faz algum sentido."

Sabe-se lá, mas teria sido então que Lenia Nachtigal, a materialista dialética metaforicamente suspensa entre duas fantasmagorias históricas — a muralha alemã oriental e a ocidental praia portuguesa —, escolheu seguir livremente, sem leis, sem metáforas, de sacola às costas, com as outras centenas de pessoas que nesse gélido dia 22 de dezembro de 1989 atravessaram a desbloqueada Porta de Brandenburgo para o outro lado da sua vida.

"É claro que durante aquelas semanas antes de ela ir quase não estive com ela. Não por causa do sonho, ou da récita, mas pelo que estava a acontecer nas ruas."

Nas circunstâncias era perfeitamente justificável. Ou, pelo menos, ele esforçou-se por entender que, nas circunstâncias, ela não teria podido estar com ele. As suas próprias funções oficiais na RDA também o teriam impedido de ter qualquer participação ativa no que estava a acontecer, de poder acompanhá-la. Agora sabia que deveria ter ido para a rua com ela, é claro. Mas estava em início de carreira e achava que devia cumprir ordens. Ficou a ver a vida pela janela da Embaixada. A saber só o que Otto lhe ia contando e que devidamente transmitia ao embaixador, para os relatórios enviados ao Ministério.

Também notou que a Frau Nachtigal, a mãe de Lenia, tinha deixado de ir à Embaixada.

Nada mais podendo fazer, preparou o que ainda assim desejava que pudesse ser um Natal de intimidade na companhia de Lenia e ficou a aguardá-la. Mas foi Otto que o procurou no seu apartamento bem aquecido na noite ártica de 24 de Dezembro de 1989. A Lenia tinha-lhe deixado um bilhete. Deve ter sido em alemão, o mais provável é que tenha sido. Mas lembrava-se dele em português, palavra por palavra:

Querido Otto:
Tu também foste muitos, como os dois poetas que me ensinaste. Talvez, qualquer dia, um de nós se encontre com um outro de nós. Obrigada por não teres sido meu pai. Diz ao Victor que quando me procuraste eu já não estava dentro da casa desfeita. À minha mãe não digas nada. É melhor para ela. Sei que me desejas boa sorte.
L.

3
METAMORFOSES

Feitas as contas, Lenia Nachtigal deveria estar agora com cerca de quarenta anos, presumindo que está viva. Muito mais jovem do que a tradicional *femme de trente ans* de outros tempos, portanto, já que as mulheres têm agora, no mínimo, dez anos menos do que as mães tinham na mesma idade. Ou menos quinze do que as avós. Também deveria estar no apogeu da sua carreira de cantora, se alguma teve. Mas, se teve, certamente não foi com o seu antigo nome, porque esse não consta nos elencos operáticos de parte alguma.

Em suma, não se sabia. E se Otto alguma vez soube, nunca disse o que aconteceu à jovem mulher que teria desejado fosse sua filha depois daquela véspera de Natal em que, com uma sacola às costas, ela atravessou a Porta de Brandenburgo para o lado desconhecido da vida.

"Fomos cada um para seu lado. Os três. Consequência normal da carreira, no meu caso. Vida de diplomata. E o Otto retomou a vida itinerante de antes do seu tempo de Berlim. Ainda mantivemos contato durante alguns anos. Postais enviados de vários países para vários países. Unidos pela lembrança da Lenia. Mas ultimamente nem uma palavra. Já não era novo quando nos conhecemos. Pode ter morrido. É normal. Mas a Lenia não. Não é normal que pudesse simplesmente ter desaparecido."

Durante muito tempo, sempre que ia à ópera, em qualquer cidade de qualquer país onde estivesse, quando lia no programa o nome de uma cantora que nunca tivesse visto antes, ficava por um momento alvoroçado a imaginar que seria finalmente ela, metamorfoseada em quem nunca teria deixado de ser. Ainda agora folheava os programas como se à procura de alguém, mas quase por hábito, sem esperança, quase já não pensando porque estava a fazê-lo. Ou então por vezes reparava que estava furtivamente a seguir na rua uma mulher que poderia talvez ser parecida com ela. Furtivamente de si próprio. Recentemente, ainda há poucos dias, antes de vir a Londres, quando estava em Lisboa, houve um telefonema para o Ministério que a secretária disse que era de uma senhora que parecia estrangeira, ou talvez não, mas que dizia tê-lo conhecido em Berlim, havia muitos anos. Correu para o telefone, tropeçando de expectativa, por um momento pensou que poderia ser a Lenia. Mas não, é claro. Essa desconhecida de Berlim nem sequer tinha esperado que ele atendesse, já tinha desligado quando ele respondeu. Seria certamente qualquer outra mulher, que tivesse vagamente conhecido na antiga Embaixada. Se calhar a querer pedir-lhe emprego, por vezes acontecia, e depois ficou tímida.

E a verdade é que também, com a passagem dos anos, a memória das feições de Lenia talvez tivesse começado a confundir-se com outras memórias de outras feições. Ou seriam outras feições que se confundiam com a memória das feições de Lenia: a cor dos seus olhos, a cor do seu cabelo, a cor transubstancial do perfume da sua pele.

"É isso, a vida meteu-se de permeio."

Depois de Berlim passou um período de compensatória promiscuidade, como acontecera depois da morte dos pais. Mas não era bem promiscuidade, essa era apenas uma aparência, a forma física da ausência dela. Era querer encontrar o corpo que desejava noutros corpos, encontrar a vida de quem amava noutras vidas. Até quando se casou com uma colega que coincidira com ele numa estadia em Lisboa, entre dois postos no estrangeiro. Isso foi talvez o mais cruel. Ou teria sido, se a rapariga tivesse entendido o que ele lhe fez. Que tinha sido uma espécie de violação compensatória. Sem substância própria.

"Mas uma violação só é violação se a pessoa violada entende que foi violada, você não acha? A rapariga não percebeu nada. Achou que era assim mesmo. O mais lastimável é que, se tivesse percebido, poderia ter sido diferente, talvez ela tivesse passado a existir para mim. Teria passado a ser ela própria, a ter a sua própria existência, a sua própria forma. Assim ficou a achar que tinha sido uma história banal, um desses casamentos por interesse que costuma haver na carreira diplomática."

E bom, sim, a carreira dele se beneficiou com esse casamento. A desiludida esposa tinha boas conexões de família dentro do Ministério, que o ajudaram mais a ele do que a ela. Ele foi rapidamente promovido e enviado para sucessivas sinecuras diplomáticas da Comunidade Europeia. Mas ela, em vez de o acompanhar como uma boa menina e ir fazer compras conjugais em Bruxelas, Estrasburgo, Viena ou Paris, insistiu em ter carreira própria. De modo que foi relegada para um consulado obscuro, apesar de tudo nos Estados Unidos. E depois para outros piores, até que desistiu. Tarde demais, porque o casamento que mal existira entretanto colapsara. Mas já tinha cumprido um propósito útil para ele que, de comissão em comissão, incluindo dois anos felizes na ONU, em Nova York, quando a ex-mulher já estava resignada em Lisboa, se tornou num proficiente especialista em relações internacionais multilaterais e foi sendo promovido até ao nível de embaixador.

Como nunca desejou gerir uma embaixada propriamente dita, e portanto não fruía dos benefícios palaciais de pompa e circunstância da representação social que os colegas ambicionavam, foi subindo na carreira sem invejas, quase impercetivelmente. Trabalhava na sombra. A sua ação pessoal talvez tenha contribuído para que Portugal fosse bem aceite como um dos membros temporários do Conselho de Segurança da ONU, mas preferiu, como sempre, deixar o crédito a outros. Como agora, nesta vinda a Londres, para aquele *think tank* considerado importante e por isso pouco divulgado. A intenção era que fosse mais do que um *think tank*, o propósito não era para pensar coisa alguma, já estava tudo pensado com antecedência, era encontrar uma forma sem substância própria, chegar a conclusões preestabelecidas. Daí a sua útil participação nesse encontro onde uma vírgula criativa o fizera ser tratado como Marquês, ironizou.

Sabia, por longa experiência, que as intervenções mais eficientes são sempre as últimas, apresentadas como conclusões consensualmente derivadas das anteriores, mesmo quando o não fossem. Ficou portanto a aguardar o momento oportuno, parecendo tomar notas mas de fato rabiscando desenhos de mapas. Velhos hábitos, para ocupar o tempo com o espaço. Começou com aqueles mapas que dividiam o que deveria estar unificado, como na própria Europa havia sido o caso da Alemanha e continuava a ser o do Chipre e da Irlanda. Depois havia os mais complicados, que unificavam divisões naturais. Pensou então no absurdo dos muros que dividiam cidades que conhecera. O muro de Berlim não significava o mesmo que o de Jerusalém. Um dividia o espaço, o outro dividia o tempo. Mas num caso, o espaço tornara-se tempo e, no outro, o tempo confundiu-se com o espaço. Se é que esta noção fazia algum sentido. Achou que não fazia muito e mudou a direção das suas divagações.

O delegado americano estava nesse momento a falar da Líbia para falar do Irã e da Síria. A predeterminação caótica da Líbia pós-Kadafi a dar direito a um guia turístico pela Síria genocida e pelo Irã pré-nuclear. Sempre com o ameaçado Israel a ameaçar, a Palestina sempre neutralizada nos interstícios da sua existência e o Egito sabe-se lá. Mas já se sabia o que o americano ia dizer, portanto não valia a pena grande esforço de atenção. Ainda assim incorporou a referência à Líbia nas suas divagações, lembrando-se que uma parte do que agora se chama Líbia tinha sido grega e outra parte romana. Criando uma dialética de conflito que não levou a síntese nenhuma porque depois houve o domínio por terceiros, que não tinham nada a ver com o assunto. Coisas da História. A dialética não dava para tudo, como aprendera em Berlim.

Na Líbia não havia o muro de Berlim nem de Jerusalém, mas por aquelas bandas tinha havido Cartago. Que agora nem sequer precisava de muro, era um vasto descampado a marcar a presença de uma ausência. Não devia chamar-se Cartago, mas Lenia Nachtigal. A cidade Lenia. E no entanto a destruição de Cartago tinha sido associada por poetas e filósofos a uma visão da harmonia do mundo. Um conjunto de esferas autônomas inter-relacionadas. No chamado sonho de Cipião, que até servira ao nosso Camões para justificar um imperialismo armado que fosse o corolário do exercício do amor numa ilha que não vem nos mapas. Também agora se diz que a exportação da democracia pela guerra é por amor da humanidade. O problema da História é que se fica sempre sem saber se *delenda Cartago* continua a ter acontecido no passado ou se vai estar a acontecer no futuro. O problema da História é a latência, portanto, o que fica de permeio entre o que foi e o que poderá ser. O presente é a ausência entre o que parece ter sido e o que parece poder vir a ser. É a Lenia de permeio. *Delenda Lenia?* E fechou o caderno com mapas rabiscados porque era a sua altura de falar.

Mas, é claro, não foi nada disso que comentou na sua intervenção. Com discreta sabedoria profissional, exerceu a suprema arte diplomática da ambiguidade criativa demonstrando que as conclusões irreconciliáveis até então definidas poderiam ser reformuladas como objetivos partilhados. Em suma, todos tinham razão. As ações específicas teriam em todo o caso de ser decididas pelas partes eventualmente intervenientes consoante a evolução dos acontecimentos. O importante, por ora, era chegarem a uma posição consensual sobre a generalidade dos princípios. Sugeriu então um texto, que não disse que já trazia escrito e, menos ainda, que tinha adaptado de outros semelhantes ao longo dos anos sobre outras questões igualmente prementes e nunca resolvidas. Funcionava sempre, do mesmo modo como uma obra de arte funciona sempre nos seus próprios termos embora adquirindo novos significados consoante o tempo e o lugar. Mas não para resolver seja o que for, é claro, tal como uma obra de arte nunca pode resolver nada mas pode representar tudo. Transformadas assim as relevantes banalidades numa proposta de resolução, todos os gratos colegas prontamente concordaram que a sua proposta de resolução deveria ser adotada para discussão em futuras reuniões. Dever cumprido. E depois logo se veria quem bombardearia quem e quando.

Foi no fim dessa última reunião de trabalho que, invocando um inadiável jantar com a rainha de Inglaterra, pôde recusar o convite para o clube das escravas sexuais e ficou com a noite livre. Tinha de fato um convite para jantar, mas seria uma coisa informal na Embaixada, se estivesse livre a tempo. Não lhe apetecia. Também não lhe tinha apetecido ficar lá instalado, como o colega em residência londrina sugerira. Gostava do conforto anônimo dos hotéis, daquela vaga sensação de clandestinidade que sempre produziam nele, da partilha fantasmática de vidas alheias que por lá tinham passado. Não que esperasse que alguma coisa interessante lhe pudesse acontecer, geralmente nada acontecia, a atração não era essa. Mas foi na impessoal intimidade dos hotéis que aprendeu ao longo dos anos que *Ich liebe dich* não é o mesmo que *I love you* que não é o mesmo que *je t'aime*. Também tinha sido em hotéis que aprendera que dizer que se ama numa língua que se não conhece a alguém que não conhece a nossa é como se fosse a primeira vez que se ama. E depois, na memória, as palavras tornavam-se no rosto de quem assim se amou com partilhado desconhecimento. E esse era sempre o rosto de Lenia.

Ou então havia rostos equivocados, a interferirem na memória. A persistirem como excrescências do que não aconteceu, sem importância própria. Por exemplo, ainda há pouco tempo, num colóquio especialmente enfadonho, tinha ido ser simpático com os jornalistas que estavam na sala ao lado, no hotel. Percebeu que estavam instalados noutro hotel, que tinham de carregar as câmaras e os gravadores de som entre um e o outro, chateadíssimos. Disse para uma, bonitinha, que já tinha encontrado noutras ocasiões, que não era justo, certamente haveria maneira de ficar no hotel onde estavam os congressistas. Nem que fosse no seu quarto, que era enorme. Mas isto dito como uma provocação benigna, para os dois rirem. Só que ela não riu, e se calhar com toda a razão, e ele achou que não podia explicar que não era o convite que ela presumira que fosse porque então é que seria ofensivo, foram de equívoco em equívoco, até que ele concluiu, desejando que assim tivesse sido: "Esta conversa não aconteceu." Exceto que tinha acontecido no que não aconteceu e a moça foi dali dizer aos colegas que aquele senhor embaixador com um ar tão sério a tinha convidado a ir para a cama com ele sem ao menos ter tentado seduzi-la, sem qualquer romantismo, com a maior frieza machista, da velha geração. Não fez grande mal à reputação dele, é claro, ser um embaixador secretamente libidinoso até dá jeito. Mas ele nem sequer se lembrava do nome da jornalista e tudo o que persistiu dela foi uma desproporcionada sensação de desagrado por si próprio. Se calhar porque só o que não acontece é irrecuperável.

Já agora, passaria pela Embaixada na manhã seguinte a desculpar-se ao colega por não ter ido ao jantar. A dizer-lhe, por exemplo, que tinha tido de jantar com o russo e com o saudita. E também aproveitaria para ensaiar um resumo da reunião antes de ir apresentar o seu relatório ao ministro, em Lisboa. E depois aceitaria que o levassem no carro do embaixador para o aeroporto.

Verificou se haveria alguma ópera que desse direito a bilhete de última hora, sabendo por experiência que em Londres ou se reservam bilhetes com meses de antecedência ou que, por isso mesmo, há sempre alguma desistência à venda. Nada em Covent Garden e, em tradução, um Puccini na ENO. Que também não lhe apetecia, de fato as vogais inglesas não aguentam ópera italiana, não são só as portuguesas. No entanto são línguas que funcionam em poesia. Os mistérios das vogais. Mas havia uma peça do Harold Pinter, *Betrayal*, a contar uma história de amor do fim para o princípio. Com uma atriz de que gostava muito, e por isso decidiu ir. Havia três bilhetes de última hora na plateia, dois juntos e um separado. Escolheu o separado embora fosse mais atrás, cheio de espírito cívico. Estava já sentado quando um senhor de certa idade, com muitas mesuras levantinas, lhe veio pedir para trocar de lugar com ele, se não se importasse. Estaria a querer ficar ao lado de alguém que ainda não tinha chegado, pensou, porque a cadeira ao lado da sua ainda estava vazia. Era-lhe indiferente, aceitou mudar, até ficaria algumas filas mais à frente, num lugar melhor. E também pensou que tinha havido um tempo mais feliz em que não ia sozinho à ópera e ao teatro.

No fim do último ato, quando os gradualmente rejuvenescidos amantes do passado ainda não sabiam o que o público tinha sabido, nos atos anteriores, do que lhes iria acontecer no futuro, ficou um momento a meditar nos possíveis ensinamentos da peça para si. A partir de qual futuro poderia ele próprio vir um dia a contar o seu passado. E portanto que a História, aquilo que depois vem a ser a História, nunca é o que está a acontecer enquanto acontece mas o que depois se percebe ter acontecido, mesmo que não tenha sido bem assim.

Foi então que o passado, se era o passado, o confrontou na voz da mulher que estava sentada na cadeira ao seu lado. E que ele não reconheceu, nem mesmo quando ela disse, menos numa pergunta do que numa constatação, como se estivesse a falar para si própria:

"Não se lembra de mim... Ou preferiu esquecer."

Isto dito em português, na língua dele que, pela pronúncia, lhe pareceu que não era a dela, parecendo-lhe também que ela não seria nativa da Inglaterra, onde ambos eram estrangeiros. Concluiu que a mulher só podia estar a falar dele ou para ele ao falar naquele português que não era a língua dela mas que era a dele. A dizer aquilo num tom de melancólica aceitação, que o fez sentir-se culpabilizado sem saber por quê nem de quê.

"Não sei se já lhe aconteceu alguma coisa assim. A mim já me tinha acontecido de certa maneira o contrário, a criar uma sensação de culpa diferente. Daquelas sensações de culpa que, quando a gente se lembra, fazem contrair o estômago por não haver emenda possível. Mas isso foi há muitos anos, ainda era novo."

Tinha ido a um concerto na Gulbenkian, esteve todo o tempo sentado ao lado de uma mulher que não reconheceu. Era a mulher que o tinha iniciado sexualmente. O seu primeiro *affaire,* como então se dizia porque em francês ficava socialmente mais aceitável. Sem ele a reconhecer. Sem ele depois a ter reconhecido como aquela que tinha conhecido. Apagando o passado.

"Não sei se você está a entender como é horrível. Era aquela mulher casada com um colega mais velho do Ministério, o que caíra em desgraça depois da mudança política. Ainda por cima tinham ficado a viver com dificuldades, a serem ignorados por gente inferior que dantes os cultivava."

Mas essa mulher não lhe disse nada, tinha-se habituado às humilhações. E ele só no dia seguinte se lembrou de repente que era ela. A sentir a humilhação dela. Com a tal contração no estômago por não haver emenda possível. Tarde demais.

Porque teria sido ainda pior se fosse procurar o número de telefone para lhe pedir desculpa. Ou o endereço, para lhe mandar um bilhete a dizer que não fora por mal, que tinha sido apenas um pequeno esquecimento, uma coisa normal, sem importância.

Também, uma vez, quando estava a acompanhar um ministro numa visita oficial, toda a gente se levantou quando chegaram ao pátio da entrada, exceto um tipo mal-encarado que continuou sentado. Para mostrar serviço e agradar ao ministro fez ao homem um gesto imperioso de Então?, levante-se! e o desgraçado levantou-se logo, ainda a procurar as muletas.

"Era um mutilado, não tinha uma perna. Odeio ministros."

Mas o mais estúpido foi quando se enganou no endereço de um *e-mail*, carregou no botão errado e mandou para a mulher que andava a querer amar uma sucinta mensagem de rompimento que era destinada a outra de quem estava farto. Puro Feydeau na era da comunicação eletrônica instantânea. A fazê-lo sentir-se culpado em simultâneo perante as duas mulheres. Perdeu a que estava a querer e deixou a que não queria permanecer adiada por uns tempos.

Em relação à mulher no teatro, a desta vez em Londres, não era exatamente sensação de culpa, era mais não saber se deveria sentir-se culpabilizado e de quê. Já tinha notado a sua presença, mas só como um homem casualmente nota, sem de fato notar, semiolhando de lado, sem quaisquer outras intenções, a presença de uma mulher que parece ser bela, sentada ao lado. Ou mesmo sentindo latentes outras intenções que talvez pudesse ter tido noutro tempo e noutras circunstâncias. Mas o que sobretudo teria notado, embora mesmo assim não de um modo inteiramente consciente, seria o seu perfume, e talvez então sentindo que teria de vir de uma mulher confiante na sua beleza. Era discreto mas intenso, com uma latência de madeiras raras num bosque florido. Teria também então notado que aquele não era um perfume dos que há muitos, em cores acrílicas, dos que parecem todos repetições de si próprios, independentemente dos corpos de onde emanam.

Desde os tempos dos seus amores com Lenia tinha o hábito de associar cores e perfumes. Ah, sim, já tinha dito. Aquele perfume, se fosse uma cor, seria vermelho-escuro. Mas só se tornou consciente de que já tinha feito essa associação quando a ouviu falar para si própria como se fosse para ele, percebendo então também — ou julgando perceber, ou querendo perceber — que, quando primeiro sentira a proximidade do seu perfume, o tinha reconhecido sem saber de quando ou onde. E portanto julgou perceber que o que teria reconhecido ao seu lado não era apenas um perfume, era o corpo recordado daquela mulher desconhecida.

Depois dos aplausos e das vénias dos atores, o público começou a levantar-se gradualmente. Como ele estava mais perto do corredor, seguiu a correnteza da fila à frente da mulher desconhecida e, chegados ao fim, abriu um espaço junto aos outros espectadores para que ela passasse primeiro. Por automática cortesia e para poder observá-la melhor. Não era uma mulher que se esquecesse facilmente, não deveria ter podido esquecê-la. No entanto não se lembrava de quem pudesse ser. Certamente não era a Lenia, a sua amada de havia vinte anos não poderia ter-se tornado, mesmo depois da passagem do tempo, naquela mulher não menos bela mas diferente. No entanto despertou-lhe na memória a imagem de Lenia, como se reproduzida noutras tonalidades. Os seus olhos, o seu cabelo, a cor da sua pele. Mas a verdade é que todas as mulheres que, depois de Lenia, julgara poder amar eram formas transitórias da sua ausência permanente. Ainda assim reconheceu de novo o perfume emanado do corpo desta mulher desconhecidamente reconhecida quando quase se tocaram para ela passar. A pele do rosto era de um branco levemente esfumado, de mulher do Levante, os olhos mais negros do que verdes, os lábios da cor do perfume, o cabelo muito escuro, preso sobre a nuca, a fazer imaginar uma cascata negro-rubra quando se soltasse. Como se fosse a Lenia em cores de carvão candente.

"Segui-a como fui conseguindo, com todos os outros corpos e odores alheios de permeio. E vi de longe, à saída do teatro, que havia um grande carro preto a aguardá-la no lado oposto da rua. Um motorista fardado, a abrir-lhe a porta. Consegui aproximar-me um pouco mais. Pareceu-me que ela olhou na minha direção antes de entrar no carro. Pareceu-me, quando a vi entrar, que havia um homem sentado no banco de trás. Pareceu-me que era o senhor de certa idade que me tinha pedido para trocar de lugar no teatro."

Dormiu mal nessa noite, a não perceber se estava a sonhar ou se eram acontecimentos recordados que lhe estavam a acontecer de novo como se num sonho. Ou, porventura, a acontecerem-lhe pela primeira vez, mas na casa que imaginara ter sido a sua quando era pequeno, com vista sobre as árvores e um rio ao fundo que afinal era o mar. As raízes das árvores tinham aberto crateras na varanda e a mais funda alongou-se na forma de uma canoa que era a entrada do corpo de uma mulher gigantesca com perfume cor de sangue, lábios da cor do perfume, cabelos de cascata rubinegra.

Estavam numa sala grande com as paredes cobertas com mapas em molduras de madeira escura, exceto a parede por cima de uma lareira de mármore esbranquiçado, que parecia um quadro protegido por vidro. Mas o que se via no quadro não era uma pintura, toda a parede por cima da lareira era um vidro transparente sobre a paisagem que se via da janela da casa que imaginara ter sido a da sua infância. Os troncos que ardiam na lareira exalavam o perfume do corpo da mulher, eram da cor dos seus lábios, faziam um som como o de um piano dedilhado a distância. A mulher estava de pé junto à lareira, agora não era gigantesca, não parecia ser mais alta do que ele se lembrava que ela era quando a viu no teatro, tinha o cabelo solto caído sobre os ombros, um cão estava deitado aos pés dela, era o cão que ele tinha abandonado depois da morte dos pais, o Piloto, a olhar para ele com olhos muito tristes, franzindo a testa. E então, como se estivesse a sonhar que estava a sonhar, ele perguntou à mulher:

"Também te deram um nome?"

"Chamam-me Lemurnia", respondeu.

E nesse momento ouviu outra voz dizer:

"É o nome do país dos mortos que estão à espera de nascer. O nome do país de onde vieste."

"Coisas estúpidas, os sonhos, você não acha? Estúpidos de tão evidentes. Misteriosos só porque tão evidentes. A mente humana não se resigna a que as coisas sejam só o que parecem ser e insiste em decifrar inexistentes mistérios. Que portanto passam a ser misteriosos. O mistério de Deus é não haver Deus. O mistério da poesia é fazer existir o que não existe. Por um momento apenas, é claro. Deus depois passa, como os sonhos. Como uma comichão também passa, se a gente se coça.

Ou como o amor, se a gente se distrai e perde a vez. É claro que percebi que aquela voz de homem só podia ser a voz do Otto embora, mesmo enquanto sonhava, achasse que não era a voz dele de que me lembrava."

Mas nesse momento também percebeu que aquele era o senhor mais velho que lhe pedira para trocar lugares no teatro, o mesmo homem invisível que tinha estado dentro do carro à espera daquela mulher, à saída do teatro. E que invisível continuava a estar naquela sala enclausurada na raiz de uma árvore em forma de canoa que era o corpo daquela mulher desconhecida com uma janela transparente sobre a paisagem imaginada da sua infância. O que no sonho não conseguia perceber, no entanto, e ouviu-se a si próprio a suspirar de ansiedade, era se aquela voz invisível estava a falar para a mulher ou para ele, se era ela ou se era ele quem tinha vindo desse país que tinha o nome dela. Desejou que fosse para os dois, se o sonho que o estava a angustiar o permitisse, se era o sonho que o estava a angustiar ou se era o que estava a ver e a ouvir como se fosse num sonho.

Sentiu então que começava a acordar, que já tinha sido acordado pela voz do homem invisível que acrescentou, agora a falar apenas para ele, como se dentro dos seus ouvidos, porque é claro que quando acordou não havia mais ninguém no quarto do hotel onde tinha adormecido na véspera, depois do teatro:

"Mas não será com esse nome que a vais conhecer, quando ela de novo te encontrar e de novo não a reconheceres."

Quando completamente acordado, evitou pensar no que tinha sonhado pensando em vez disso na natureza dos sonhos. E não pôde deixar de sorrir de como os sonhos são ao mesmo tempo tão óbvios e tão misteriosos. Coisas estúpidas disfarçadas de inteligentes. O mais interessante nos sonhos, no entanto, é que tinham uma sintaxe própria, como a música. A permitir simultaneidades que a linguagem das palavras não consente, acordes sobrepostos com significações alternativas. Nem mesmo a poesia conseguia dizer assim coisas diferentes, ou até opostas, com as mesmas palavras. Só às vezes, os grandes poetas. Com a diferença de que, nos sonhos, tudo se tornava estupidamente evidente e na poesia não, na poesia o mistério renova-se em cada leitura. Se ele fosse escritor teria desejado ser poeta. Mesmo se disfarçado de novelista como, para ser simpático, disse que eu às vezes sou.

"Mas você está a ver, você que às vezes também é poeta: uma canoa que era a entrada de um corpo de mulher! Valha-nos Freud! É como se os sonhos fossem feitos só para dar emprego aos psiquiatras. Eu que o diga! Mas nem para isso servem, os psiquiatras são perfeitamente dispensáveis para se poder ser louco. Ou, mais ainda, para se conseguir manter uma aparência de sanidade plausível. De uma plausibilidade aparente."

Por exemplo, aquela mulher no teatro só lhe teria parecido ser levantina porque ele tinha acabado de vir de um debate sobre países dessas regiões. E possivelmente ela teria murmurado qualquer coisa depois da peça que só lhe parecera ser em português por ele ser português, mas que poderia ter sido noutra língua. E que ele teria traduzido automaticamente dessa outra língua que conhecesse, ouvindo-a como se ela tivesse falado na língua dele por ter entendido o que dizia. Era o que muitas vezes acontecia, nas reuniões de trabalho, quando os delegados falavam numa das línguas que conhecia bem e ele os ouvia como se fosse em português, sem ter de recorrer à tradução simultânea.

O fato é que com aquela cor de pele e de cabelos, ela também poderia ter sido uma italiana do Sul. Ou uma brasileira, se de fato tinha falado em português. E se de fato a pele e os cabelos dela eram da cor que julgara ter visto. Ou os olhos. Não poderia ter observado tanta coisa no breve momento em que fez espaço no corredor da plateia para ela passar antes de ter ficado semiculta pelos outros corpos em movimento. E ela poderia simplesmente ter dito em voz alta, para si mesma, o que teria estado a pensar sobre a peça, e não a referir-se a ele. O título da peça era *Betrayal*, traição. Ela talvez a comentar um seu caso de amor e de esquecimento. Ou de traição. Também lhe acontecia às vezes murmurar alguma coisa para si próprio sem dar por isso. Se calhar acontecia a toda a gente. Além do mais, as pronúncias brasileiras variavam muito, daí ter pensado que o português não seria a língua dela. Poderia perfeitamente ser brasileira, se de fato falara em português. E depois, no sonho, aquele absurdo nome, Lemurnia, que aliás deveria ser Lemuria, o continente desaparecido, também se explicava facilmente. Mas Lemurnia por ecoar melhor o nome de Lenia, é claro. Da desaparecida, da inesquecível Lenia Nachtigal. O seu primeiro, o seu único amor. Ou que, por ter desaparecido, se tornara no seu primeiro, no seu único, no seu inesquecível amor. A Lenia que se tornara no nome do esquecimento de todos os outros amores que pudesse ter tido. A Lenia que afinal nunca o tinha amado e que por isso desaparecera como se nunca tivesse existido.

"Em resumo: mandei vir o pequeno-almoço ao quarto, fiz a barba, tomei um longo banho, arrumei a mala e fiquei pronto para descer. Liguei para a Embaixada do telemóvel para dizer que estaria lá daí a pouco. Era cedo demais, ninguém atendeu, só a habitual voz enlatada a anunciar horários."

Telefonaria de novo depois das nove. Já que tinha aquele telemóvel que é também uma maquineta sobrenatural que dá para tudo, um metafísico iPhone, abriu o dicionário que estava lá incorporado e procurou a palavra *Lemurnia*. Não vinha registada, é claro. O mais próximo que encontrou era *Lemúria*, "região habitada pelos lêmures". Mas *Lemurnia* também não seria uma grafia impossível, pensou, com uma etimologia também relacionável aos lêmures. Não as criaturas com cara de gente miniatural a saltar de árvore em árvore nas florestas de Madagáscar, mas as almas errantes da mitologia grega. Não, da mitologia romana. O dicionário dizia: "Lêmures, *s.m.pl.*, nome dado pelos romanos às almas errantes dos mortos; duendes." Sim, claro, mais ou menos o que se tinha semilembrado no sonho, pela voz do Otto que não era o Otto, para explicar o improvável nome Lemúrnia da mulher que não teria podido ser a Lenia. A voz a dizer: É o nome do país dos mortos que estão à espera de nascer, et cetera et cetera... E afinal não era um nome assim tão improvável, quis ainda pensar, considerando as misteriosas circunstâncias do desaparecimento de Lenia, o seu receio de que ela tivesse morrido, e tendo em mente que o nome Lenia até poderia parecer uma versão abreviada de Lemurnia, tirada a sílaba intermédia. E o resto das confusões dentro do sonho, tudo isso era só devido a uma mitologia clássica mal recordada e a reminiscências pessoais mal digeridas.

Telefonou de novo para a Embaixada, esquecendo-se de que ainda não eram nove horas. Mas desta vez estava interrompido. Ligou o rádio para o *Today Programme* da BBC. Já agora ficava a saber o que se passava no mundo em versão paroquial inglesa. Por exemplo, a repercussão em Cockfosters do colapso financeiro da Grécia. Sobre Portugal nem isso. Mas também para saborear uma daquelas entrevistas em que comentadores bem informados torturam políticos mal-amanhados. Curiosamente, nesse momento não era um político local que estava a ser entrevistado. Era um estrangeiro, a ser tratado com muita deferência. Um qualquer *Mr. Ambassador*. Pela resposta, percebeu que teria havido um sequestro de um embaixador. E pareceu-lhe que era o seu colega, o embaixador de Portugal. Não. Ou sim, era mesmo o embaixador de Portugal em Londres que estava a ser entrevistado. Portanto o sequestrado era outro, este estava a ser entrevistado sobre o sequestro de outro embaixador português. Este a dizer que não tinha notícias do outro desde a véspera. Que esse seu colega estava, ou estivera, de passagem em Londres. Que tinha ficado de ir jantar à Embaixada depois de uma reunião de trabalho, mas não tinha aparecido nem dado qualquer explicação. E, no fim, o entrevistador a pronunciar, em inocente cumplicidade linguística com os sequestradores, o nome do presumível sequestrado de modo a torná-lo quase irreconhecível: Ambassador Viktor Marcoez dai Coasta.

"Disparate! Nem se pode ir ao teatro sem um requerimento em papel selado! Liguei ainda outra vez para a Embaixada. Continuava interrompido. Talvez telefonemas de emergência por causa do meu suposto sequestro. Portanto decidi que ia simplesmente apanhar um táxi e aparecer, a fazer-lhes uma boa surpresa. Ou a estragar-lhes a festa depois da inesperada atenção dos *media*."

Desceu sem grande pressa, pagou os extras na recepção, deixou recado de que estaria na Embaixada de Portugal, se alguém telefonasse ou o procurasse. Voltaria ao hotel para levar a mala, a caminho do aeroporto.

O grande carro preto que tinha visto na noite da véspera, em frente do teatro, estava à porta do hotel. O motorista fardado aproximou-se:

"*Madame vous attend, Monsieur l'Ambassadeur.*" Assim, em francês. E de novo quando, sempre muito correto, antes de abrir a porta de trás do carro para ele entrar, pediu que lhe entregasse o iPhone, desligou-o e guardou-o: "*Permettez, Monsieur l'Ambassadeur. Madame a insisté.*"

Estaria portanto a ser sequestrado depois de se saber que tinha sido, o que era perfeitamente absurdo. Mas presumiu — ou terá querido presumir — que o motorista estava armado e que portanto seria inútil reagir. Se de fato tinha pensado em reagir. Porque, se era mesmo um sequestro, nada poderia ter sido mais pacífico nem mais consensual.

"Muito simplesmente, fui levado do meu discreto hotel em Marylebone, você sabe, aquele perto da Wallace Collection, para um ostentoso hotel sobre o Hyde Park. Muito perto da Embaixada de Portugal, portanto. A dar-me todas as possibilidades de fuga. E portanto a possibilidade de não fugir por vontade própria. A tornar-me conivente com meu próprio sequestro."

O motorista acompanhou-o no ascensor até ao quinto andar, tocou duas vezes a campainha de um apartamento, abriu a porta com o seu próprio cartão, afastou-se para ele entrar primeiro, depois colocou o iPhone que lhe tinha confiscado sobre uma escrivaninha, sem procurar escondê-lo. E com uma pequena vênia respeitosa — "*Je vous souhaite la suite d'une bonne journée, Monsieur l'Ambassadeur*" — saiu e deixou-o só na sala.

"E depois entrou a mulher que eu tinha visto na véspera. Vinda do quarto ao lado da sala. E claro que não, meu caro senhor escritor. Não era nem poderia ser a Lenia. E ao fim da tarde chegou o senhor de certa idade que me tinha pedido para trocar de lugar com ele no teatro. Mas é claro que aquele homem também não era nem poderia ser o Otto. Sim, estive lá até há pouco. Até vir para sua casa. Você pode entender melhor do que ninguém como estas coisas acontecem. Também nos seus livros muitas vezes as pessoas não são quem são. Ou são quem não podem ser. Mas você acha que se pode recordar o que não nos aconteceu? O que não foi a nós que aconteceu? Isso é que eu queria que você me ajudasse a entender. Afinal essa é a função da literatura, você não acha?"

Respondi sem grande entusiasmo, a começar a ficar cansado de tantos circunlóquios:

"Ajudar a recordar? Bom, sim, talvez. Pode ser uma das funções."

"Não, não é isso. Entender o que não aconteceu. Como não aconteceu. Porque é que não aconteceu. E depois recordar como se tivesse acontecido."

4
O SEQUESTRO

Convenhamos que até agora tenho sido um autor disciplinado e comedido, reduzindo ao mínimo as minhas intervenções pessoais. Longe de mim ser um daqueles oportunistas pós-modernos que aproveitam os leitores estarem distraídos com as vidas dos outros para se meterem logo à frente da narrativa, cheios de ternurinha por si próprios, ai que querido que eu era quando era pequenino, até tive um tio que gostava muito de mim.

Só disse que a conversa estava a acontecer aqui em casa por ser a mínima das minhas obrigações sociais, fique à vontade, como dizem os brasileiros e agora também em Portugal nos hotéis e restaurantes como se estar neles fosse causa para nervosismo. O resto deixei ao meu interlocutor, o operático embaixador Victor Marques da Costa, que inesperadamente me veio bater à porta com aquela história meio complicada de amores antigos e de sequestros recentes. As minhas participações foram quase só a dizer que o café estava frio, com as devidas desculpas, e a confessar que quase não conheço Berlim. Esta última deficiência é das duas a mais grave, considerando que uma parte importante da história se passou lá. Mas ao menos mostra que não estou a querer enganar ninguém. E que tudo foi honestamente reproduzido de como me lembro de o Victor Marques da Costa ter contado. Por vezes em discurso direto mas sobretudo, e convenhamos também que com alguma destreza estilística, transpondo o que ele teria dito para uma terceira pessoa narrativa de que eu estivesse ao mesmo tempo a caracterizar o sujeito implícito. Foi mais fácil fazê-lo do que explicá-lo, mas aqui fica a explicação. O Victor Marques da Costa é que, por duas ou três vezes, falou de mim, trazendo à baila eu ter escrito meia dúzia de romances, mas disso a culpa não é minha. Dava-lhe jeito e portanto deixei que lhe desse. Por exemplo quando disse que eu deixo os destinos das minhas personagens inconclusivos e que esse seria um modo de lhes outorgar uma espécie de livre-arbítrio. Aliás, se era para ser elogio, não sei se gosto, é como se eu fosse uma espécie de paternalista permissivo que não assume as suas responsabilidades autorais até ao fim. De modo que paternalista uma ova. E essa do livre-arbítrio sempre achei que é uma desculpa da preguiça divina. No que respeita à minha equivalente preguiça autoral, tudo o que eu sei é que só sou escritor enquanto estou a escrever, e que portanto a partir daí não tenho nada a ver com as vidas dos outros. A esse respeito eu e Deus entendemo-nos perfeitamente. Leiam a Bíblia.

É certo que o Victor Marques da Costa também disse que nos meus romances as mulheres são mais afirmativas do que os homens, o que é menos bíblico mas se calhar não menos verdade. E se calhar é necessário que sejam para depois poderem deixar de ter sido e ficarmos todos mais à vontade. Mas também se calhar isso de as mulheres manifestarem as suas personalidades próprias é parte da minha utopia erótica, o meu cântico dos cânticos. O que eu achei especialmente significativo, no entanto, foi o nosso sequestrado embaixador ter estado a querer validar às cavalitas das minhas hipotéticas verosimilhanças as óbvias incongruências da sua história de identidades confundidas. Dizendo que as minhas personagens podem ao mesmo tempo ser e não ser quem parecem ser. Já disse que não sei se são ou se não são, e se não disse digo agora que isso é lá com elas.

Suponho que há escritores a quem estas coisas acontecem o tempo todo, estilo vou-lhe contar a história da minha vida, daria para um dos seus romances. A mim, o que mais vezes me tem acontecido, sobretudo em encontros universitários, é um daqueles borbulhentos contagiosos que neles há sempre começar a rondar-me nos intervalos das refeições com largos rapapés elogiosos de quem não entendeu coisíssima nenhuma do que eu escrevo e, vai daí, sacar da pasta um vasto manuscrito venenoso para eu ler logo nessa noite e dar-lhe a minha opinião ao pequeno-almoço, como se a vida não fosse curta, a noite intransmissível e a morte inevitável. E sobretudo como se fosse possível ter opiniões ao pequeno-almoço. Ou mesmo quaisquer conversas além de bom-dia e até logo. Ou, no máximo, para pedir ao empregado que nunca olha, porque foi treinado para isso, traga-me mais café por favor, muito obrigado.

A questão é que não era bem o que estava a acontecer. Era pior. Ou talvez melhor, como o Victor Marques da Costa sem dúvida diria. Ou, pelo menos, era diferente. A questão é que o Victor Marques da Costa está longe de ser parvo. Sempre o achei um tipo interessante, divertido, bem informado, bom conversador, com uma saudável capacidade de irreverência pouco habitual na sua profissão. Ou, já agora, na minha. Menciono tudo isso porque, se além de tudo mais, também tinha algo de fantasista, como ao longo da noite várias vezes me pareceu, a verdade é que eu nunca tinha notado. Ou, se tinha notado, não me tinha importado. Também é verdade que as nossas conversas sempre foram de outro gênero. Literatura, espetáculos, artes, alguma política, opiniões partilhadas, apreciáveis condimentos de má-língua civilizada, mas tudo fora de nós próprios, sem nada destas explícitas intimidades.

É certo que todos nós nos revelamos mesmo naquilo que não dizemos sobre nós próprios mas, por exemplo, nunca me ocorreu querer saber com quem ele dormia ou não dormia, se gostava mais de raparigas ou de rapazes, de cães ou de gatos, se era mais sado ou mais masoquista. E como felizmente não é preciso escolher entre Mozart e Wagner ou entre Shakespeare e Racine, nunca teria vindo a propósito que ele me fizesse confidências sobre a sua vida sentimental. Também por isso não teria vindo a propósito ele aparecer de repente em minha casa a oferecer-se como personagem, a querer que eu seja uma espécie de testemunha adiada dos seus amores inconclusivos, mas apareceu. Mais ainda, a querer que eu fosse uma espécie de autor fantasmático da sua vida enquanto o ouvia a reconstruí-la à maneira do que ele disse serem as minhas ficções inconclusivas. Mas também como se ao mesmo tempo que contava a sua história estivesse a querer fazer-me duvidar do que me tinha estado a contar. Como se tudo o que me contou, e que tanto podia ser verdade como mentira ou, mais provavelmente, uma mistura das duas coisas, como aliás concordamos que é tudo na vida, fosse só o prelúdio de uma história ainda por contar de que eu pudesse ser o autor. Ou a cópia de um original ainda por escrever. Ele sabendo, porque devo ter-lhe dito, que estava a começar outro livro, que é como quem diz, que estava a tencionar meter-me outra vez na vida de gente que não existe para, pelo menos durante alguns meses, eu também poder ir existindo fora de mim.

As minhas perplexidades acentuaram-se quando ele perguntou:

"Você acha que se pode recordar o que não nos aconteceu? O que não foi a nós que aconteceu?"

Eram três da manhã. Eu estava de fato a ficar cansado, com menos paciência para os seus mistérios, afinal já não aguento noitadas como dantes. A jogar à defesa. Não, a controlar o meio-campo é melhor metáfora futebolística. Não foi em vão que joguei nos pré-juniores do Benfica. Fiz uma finta e respondi:

"Salvo erro você disse que essa é a função da literatura. Mas também é o que habitualmente se chama História, não é? Aquela que se ensina nas escolas. Com agá grande."

"Não, você agora não me está a querer entender. Não é isso que estou a dizer agora. Recordar as memórias dos outros como tendo acontecido a nós próprios."

Entendi sim senhor, e ele é que não entendeu que eu tinha entendido. Mas não me apeteceu entender outra vez e achei prudente continuar a responder não respondendo. Passei a bola ao guarda-redes:

"Isso então não sei se seria exatamente recordar. Mas pode-se recordar as recordações dos outros, é claro. Ou, pelo menos, imaginá-las. Como as nossas recordações. Porque a verdade é que também o que se recorda do que nos aconteceu já não está a acontecer. Já não nos está a acontecer quando recordamos, está a ser imaginado como tendo acontecido. E portanto são coisas que poderiam ter acontecido a nós próprios ou a qualquer outro. De modo que talvez, por que não?" Eu a repetir-me, cansadíssimo.

"Talvez mesmo, não é? Portanto é mesmo possível. Exceto naquilo que depois se sente, quando é tarde demais."

Naquilo que depois se sente. Quando é tarde demais. O Victor Marques da Costa continuava, é claro, a referir-se de viés ao seu encontro com a mulher que não seria Lenia Nachtigal mas que tinha falado e procedido como se fosse uma emanação dela. E com quem, pelo menos foi o que eu percebi, sugeriu que tinha agora passado uma boa tarde e parte da noite em recuperadas intimidades de cama *king size* em hotel de luxo. Ambos a recordarem nos intervalos das entradas e saídas recordações partilhadas que só poderiam ter sido da Lenia Nachtigal mesmo que esta não fosse aquela. Faz sentido? Claro que não. E o sequestro aquiescente? Menos ainda.

"Bom, meu caro Victor. Meu querido Marquês da Costa. Excelentíssimo Senhor Embaixador. Excelência. Recapitulando: o meu amigo andou de amores inconclusivos em Berlim, quando era mais novo, com uma bela traviata que tinha problemas de autoridade paterna e que o mordia na cama. O muro de Berlim caiu, ela desapareceu na véspera do Natal..."

"E perdeu a voz."

"O quê? Isso você não me tinha dito!"

"Pois não. Ainda não tinha acontecido. Bom, tinha acontecido mas não como parte do que lhe estive a contar até agora. Foi o que ela me disse que aconteceu depois. Ela, ou seja, esta mulher. Como parte das recordações que eu já não podia partilhar. As de depois de Berlim. Por isso, quando eu agora contei a si tudo o que lhe contei sobre a Lenia Nachtigal não podia incluir essa informação. Não podia antecipar o curso da História, como se diz em ciência política. Eu próprio só agora soube. Enfim, há poucas horas. Ontem. Quando pedi a essa mulher que cantasse. Havia na sala um piano. Que cantasse qualquer coisa, não importava o quê, só para me lembrar. Como nas nossas sessões em Berlim. Na verdade a querer verificar se era ela. Foi então que ela disse que tinha tido uma pneumonia, que esteve à morte e que perdera a voz. De fato o frio de Berlim não era só uma metáfora do Otto. Um gelo ártico, naquele inverno. Com o entusiasmo nas ruas muita gente nem notou que estava tão frio. Hemorragia das cordas vocais. Portanto a Lenia Nachtigal nunca mais cantou. Se esta era ela."

"E você diz-me isso assim, como se fosse a coisa mais natural do mundo? Um pequeno pormenor sem demasiada importância?"

"Como é que queria que lhe dissesse? Em sol menor e com acompanhamento de violinos? Você afinal é mais sentimental do que eu. E sabe-se lá se é verdade! O Senhor Escritor não vê que isto significa que esta mulher pode perfeitamente não ser a Lenia Nachtigal? Sem voz pode perfeitamente não ser ela. É a prova de que talvez não seja. É pelo menos a prova de que pode não ser."

"É prova de coisíssima nenhuma. Mas oiça lá, Victor, perdoe a indiscrição, você é que falou de corpos transubstanciais e de cores de perfumes e de mordidelas retemperadoras. Quando vocês foram agora para a cama..."

"Ah, mas isso é diferente. Isso já não me lembrava de como tinha sido. Esta era uma mulher submissa. Passiva. A querer agradar. Imperdoável. A fazer-me desejar puni-la. Tudo ao contrário. Já lhe disse, mas você não parece ter ouvido. Não podia ser a mesma. Além de que a Lenia, a verdadeira Lenia Nachtigal, nunca me amou."

"Mas então...?"

"Usou-me enquanto lhe servi. Deixou que eu a amasse até ter deixado de deixar. Segurou-me as mãos para eu não impedir, mastigou-me e cuspiu os caroços. O perfume desta não era o mesmo. Era de uma cor diferente. Vindo de um corpo diferente. Mas os corpos mudam com o tempo, isso também é verdade. E as circunstâncias podem mudar os comportamentos. Tornam-nos outros. Também eu mudei. Portanto não sei."

"Bom, vejamos então o que você diz que não sabe e eu entendo ainda menos. Esta mulher, seja ela quem for, depois de vinte e dois anos, ou lá quanto tempo foi... duas décadas depois dos seus amores eventualmente mal correspondidos com outra ou com ela própria em Berlim... e você talvez esteja a exagerar quando diz que ela o não amava... eram outros tempos... ambições de carreira de cantora... mas esta a recordar-se agora das recordações da outra. Bom, esta mulher tinha-o encontrado num teatro..."

"Numa peça chamada *Traição*. Com a excelente Kristin Scott-Thomas."

"... alguém faz com que você mude de lugar para ficar sentado ao lado dela..."

"Obviamente andavam a seguir-me. Já me tem acontecido. Até agora suspeitei que islamitas."

"... na manhã seguinte manda-lhe um carro para o sequestrar. Com um cerimonioso motorista a falar francês que o leva para um hotel de luxo em Hyde Park..."

"Não, isso do motorista não foi bem assim. O pormenor do motorista a falar francês e o hotel em Hyde Park acrescentei por conta própria. Para dar mais interesse à narrativa."

"Ah bom. E acha que deu?"

"Não, se calhar não. Nisso estou de acordo consigo. É demasiadamente novelesco. A verdade é que achei mais prudente não lhe dizer exatamente onde tinha estado. Desculpe, treino profissional. Podia ser perigoso. Já vai entender por quê."

"E o resto? O teatro. A reconhecida desconhecida. O sequestro. Não acha que tudo isso é também, como você diz, demasiadamente novelesco? Meu caro, há pouco não disse mas pensei: eu oiço as notícias na rádio todas as manhãs, tenho estado em Londres, e não me lembro de ter havido alguma coisa no *Today Programme* sobre o sequestro de um embaixador português ou de qualquer outro. Nem há dois dias nem nunca desde que me lembro."

"Mas tudo isso aconteceu, acredite ou não. Na minha profissão são coisas que acontecem. Encontrei-me numa situação difícil, que tive de negociar com cautela. Tive de fingir aceitar o que não podia evitar. Dizer que faria o que não poderia fazer. Ao mesmo tempo a evitar possíveis implicações políticas. Nisso valeu-me o treino profissional."

Victor Marques da Costa insistiu que de fato tinha ido ao teatro, mudado de lugar a pedido de um homem mais velho, e ficado ao lado da mulher que no fim da peça falou em português como se estivesse a falar para ele falando para si própria e que ele não reconheceu, reconhecendo-a. Tudo isso garantiu que era verdade.

"Portanto não é como naquele seu livro em que um homem mais ou menos da minha idade reconhece numa mulher mais nova a mulher que tinha amado vinte e tal anos antes."

Outra vez com essa porra dos meus livros.

"Ó Victor, deixe lá os meus livros em paz!"

"Não, você tem razão. É precisamente isso que estou a dizer. Que é diferente. Neste caso é diferente. Esta mulher teria sido a mesma que a outra, vinte e tal anos depois. Agora perto dos quarenta, bem conservados. Portanto seria perfeitamente normal que tivesse podido ser a mesma. Mas não podia ser. Podia não ser. Ou seja, acho que não podia ser."

"E o carro à sua espera afinal sem motorista francês?"

"Tive um motorista francês que falava como aquele. Muito cerimonioso."

"E o sequestro que afinal não era sequestro?"

"Mas foi sequestro! Quando desci do quarto disseram-me na recepção que estava um táxi à minha espera. Pensei que tinha sido chamado pelo hotel quando pedi a conta. Para me levar à Embaixada. Mas seguiu na direção oposta, levou-me para uma casa em Hampstead. Foi aí que estive até vir para sua casa. O senhor mais velho do teatro estava à minha espera. Acompanhou-me ao apartamento onde estive com ela. No primeiro andar. Deixou-nos sós. Aqui perto de sua casa. Na rua dos psiquiatras. Na rua onde morou o Freud, paralela à sua."

"Na rua do Freud. Agora também entra o Freud na sua história. Aliás já tinha entrado de viés."

"Por isso o mais lógico foi vir aqui, a sua casa. Por ser aqui ao pé. Era o mais rápido. O mais seguro. Para pedir a sua ajuda."

"Ou para divertir-se à minha custa. Bom, são três e meia da manhã, acho que o Senhor Marquês da Costa já gozou o bastante. Já lhe disse que se arranja uma cama lá em cima. Vá dormir que eu também. Despertador para as oito e meia. O nosso atual embaixador é um tipo civilizado, tem sentido de humor. Telefono-lhe às nove a dizer que você está aqui. São e salvo. A recuperar do seu sequestro voluntário pela cantora alemã que se calhar nunca foi cantora nem alemã. De acordo?"

"Não, sobretudo não faça isso. Peço-lhe por tudo. Você ainda não entendeu que estou mesmo em perigo. Não acredita que fui mesmo sequestrado. Já tive problemas por causa dessas coisas de Israel e da Palestina. Nunca tinha sido sequestrado mas várias vezes percebi que estava a ser seguido. Mesmo aqui em Londres. Olhe, ainda há dois dias, depois do príncipe saudita. Bom, não, isso era outra coisa. Isso era para ir com ele mais o russo para as pornografias. Fiquei com a impressão de que estava a ser seguido. Mas é evidente que não posso envolver nisto a nossa Embaixada. O meu colega. O meu governo. Como bem sabe as coisas estão complicadas em Portugal. Ainda por cima com um ministro valdevinos. Em todo o caso, com a crise financeira, nem sequer teria sido viável pagarem um resgate. Tive de safar-me de qualquer maneira. Logo que foi possível. A usar as circunstâncias como pude. A tentar modificá-las. Mas, para isso, agora preciso da sua cooperação. Preciso de ter estado aqui consigo esta noite."

"Bom, falamos amanhã. Qual amanhã, falamos daqui a pouco. Chamo-o às oito e meia."

"E se alguém vier antes?"

"Está à espera de alguém?"

"Nunca se sabe."

"Quem? A polícia? O russo? O saudita? O motorista francês? Os fantasmas da sua Lenia e do Otto? Ó Victor! Desculpe, agora deixe-se disso. Agora, cama. Vou-lhe mostrar o quarto lá em cima."

Fiz uma barulheira horrenda para transformar o sofá em cama, abri e fechei armários para encontrar lençol, *duvet* e almofadas, baixei os estores, anfitrião pouco destro mas esforçado. Até lhe perguntei se precisava de uma muda de roupa interior, já que tinha deixado a mala no hotel. Não, obrigado, trazia sempre na pasta, tal como uma máquina de barbear de pilhas. Treino profissional. Mas pediu-me uma camisa emprestada, mesmo que lhe ficasse um pouco apertada serviria, tinha-se arranhado num pulso, uma chatice, o punho estava com uma mancha de sangue. Bom, sim, e já agora um desinfetante e um penso.

Quando finalmente me fui deitar é claro que a S tinha acordado com os meus tropeços no andar de cima. Resumi-lhe atabalhoadamente os infortúnios da noite, acentuando sobretudo a parte do sequestro e da mulher que seria ou não a mesma que o Victor Marques da Costa conhecera em Berlim.

E a S, mais acordada do que eu:

"Por quê?"

"Por que o quê?"

Ouvi a resposta em farrapos de frases:

"Ela... Essa mulher... A cantora... O teu amigo... A outra... A fuga dele... Não achas que..."

Zzzzzzzzzzzzzzzzzzzzzzzzzzz...

A S certamente tinha razão, nestas coisas tem sempre, é melhor contadora de histórias do que qualquer escritor, certamente eu iria achar que tinha toda a razão no que continuou a dizer e já não ouvi mas que certamente acharia depois que sim, quando acordasse.

A razão principal por que tinha razão, digo eu agora que estou acordado e a escrever isto algum tempo depois, é que o meu amigo Victor Marques da Costa deixou de existir a partir do momento em que o transformei em personagem deste livro. Ou que ele se transformou, por escolha própria. Não, não é isso, não vou entrar numa dessas espertalhices de realismo mágico em que os espíritos falam pelos cotovelos e os cotovelos são árvores ancestrais. O meu realismo é tal e qual, pão pão queijo queijo: pega-se numa personagem, coloca-se essa personagem numa situação adequada à sua manifestação e escreve-se o resultado, que é o queijo dentro do pão a fazer um sanduíche em que já não há pão nem queijo mas só palavras a substituir o pão e o queijo, como nos incorpóreos dos estoicos. Se calhar foi mesmo esse o propósito do meu amigo Victor Marques da Costa quando me veio procurar: tornar-se em palavras. Transmudar-se para um país imaginário dum mapa que não há. Mudar-se para lá juntamente com as personagens que ele próprio amassou no pão hipotético que trouxe cá para casa no meio da noite. Num sanduíche sem pão e oco no meio.

Mas entretanto já era manhã e ele estava à minha espera quando me levantei. A S a levar mais tempo a arranjar-se do que é hábito, a não lhe apetecer convívios partilhados. Obviamente não tinha engraçado com ele. De modo que sumo de laranja, café e torradas para dois e ele a dizer-me, sem as inquietações da véspera, refrescado, camisa impecável, cordial e sorridente:

"Portanto não aconteceu nada. Ninguém veio. Antes assim. Decidi arriscar ir para o aeroporto, verifiquei que há avião para Lisboa às 11:20. Ainda dá para passar pelo hotel e pegar na mala. Também já lhes telefonei a pedir que a tenham junto à porta. E telefono do aeroporto ao nosso amigo embaixador. Quando chegar ao Ministério, recomponho o meu relatório e tudo será como se não tivesse acontecido. Tudo passará a ter sido um mal-entendido que eu não pude esclarecer por motivos de necessária confidencialidade et cetera et cetera. Passará portanto a não ter havido sequestro nem nada. Erro de informação da BBC. Levada a isso não se sabe com que intenção nem da parte de quem. Em todo o caso nada a ver comigo ou com Portugal. E portanto a não ter havido nem a pseudo-Lenia nem a outra. Certamente compreenderão o que desconhecem, são pagos para isso. Já chamei um táxi, deve estar a chegar. Não, peço-lhe, não desça comigo. Lembranças à sua mulher, quero sobretudo que lhe transmita as minhas desculpas por esta invasão. E você desculpe os meus absurdos receios. Devo voltar a Londres dentro de duas ou três semanas. Sabe como é: a crise do euro, as ambiguidades dos britânicos, pensar o futuro, a Síria, o Irã... Mas desta vez avisarei com mais tempo. Vá-me fazendo a lista do que não devo perder. E agora dê cá um abraço. Um grande abraço."

Fui respondendo ao longo monólogo de despedida com os adequados sim, não, ah bom, que ideia, um prazer, e o Victor Marques da Costa finalmente foi à sua inconclusa vida.

Mas acontece que o Museu Freud fica de fato na rua paralela à minha, em Maresfield Gardens, da janela da minha sala vê-se o jardim deles. Isso de fato é um fato. Tudo mantido tal e qual, com o divã confessional coberto de tapeçarias persas na casa onde o papá Sigmund e a filha Anna moraram. A rua agora pululando com psiquiatras que se instalaram em prédios tão próximos quanto conseguiram. Se calhar para as consultas funcionarem por metonímia. Acontece também que o guarda do museu é um carrancudo sobrevivente português que foi deixado em testamento inalterável pela fidelíssima Anna Freud, com um velho cão nacionalista que só obedece à língua de Camões. Caso contrário fica a rosnar impropérios em inglês, ladra em alemão e ataca os sul-americanos que vão lá em romaria psicanalítica. Nem os brasileiros escapam, apesar do acordo ortográfico. Tenho algum prestígio lá dentro, portanto.

E como o Victor Marques da Costa disse que esteve sequestrado no prédio em frente, fui lá fazer festas ao dono e falar com o cão.

"Então, tudo em ordem?"
"Tudo na mesma."
"É o que se quer. E o nosso cão? Chame-o lá! Diga-lhe que sou eu. Um compatriota."
"Morreu há um mês."
"Ah, coitado."
"Também já estava velho."
"Pois é, também nós. Mas oiça lá. Ontem à noite aconteceu alguma coisa aqui na rua? O meu amigo sabe sempre tudo o que se passa por aqui... Num prédio mais ou menos em frente?"
"Só se foi a ambulância."
"Uma mulher e um homem mais velho?"
"Isso não sei."
"Estrangeiros?"
"Aqui estrangeiros somos todos."
"Veio uma ambulância... Mais ou menos a que horas?"
"E depois a polícia. A hora não sei. À noite. Já tinha arrumado e fechado a casa. Vi pela janela. Sem ser isso tudo na mesma."
"É o que se quer. Vai conseguir arranjar outro cão dos nossos?"
"Para ter mais desgostos?"
"Sim, também é verdade. Então até à próxima."

"Não, há pouco enganei-me. Veio a polícia primeiro e a ambulância depois. A vida é assim, todos temos a nossa hora. Até à próxima."

Esperei até ao fim da tarde para telefonar ao Victor Marques da Costa. Voz de mulher nada rústica a responder, talvez empregada doméstica das atuais imigrações, vaga pronúncia estrangeira. Dessas moças educadíssimas que aprendem logo a língua, vindas da Europa oriental? Ou, àquela hora, uma discreta companheira clandestina? Algumas até acumulam as funções.

Sim, o Senhor Doutor tinha estado lá fora em serviço mas já tinha voltado.

"Um momento."

Contei rapidamente ao Victor Marques da Costa a conversa freudiana.

Resposta:

"Então agora nunca saberemos, não é?"

"Você pode falar agora, ou prefere telefonar-me depois?"

"Por quê? Acha que os matei?"

"Sei lá o que acho! Confesso que já me passou pela cabeça. Quer que telefone à polícia? Hospitais?"

"Não, de forma nenhuma. Deixe. Você nem sabe quem eles são. Olhe, e afinal nem eu. Ou mesmo se alguém morreu. Ou quem. Pode ter sido uma simples coincidência, a ambulância e a polícia. Se calhar noutra casa. Mas se alguém o procurar diga a verdade. Diga só que estive em sua casa. A partir de que horas. Das nove, não foi?"

"Bom, era cerca das dez..."

"Basta portanto que diga a verdade. Depois das nove. Diga só isso. O resto deixe. Mas não se inquiete, agora ninguém me vai procurar. Ou a si. Agora você e eu estamos na mesma situação, que é não podermos saber. Portanto é melhor deixarmos ficar assim. Mais uma vez obrigado por tudo. Vemo-nos em breve. Veja se há alguma traviata arrependida. Ou Otelo renegado. E não me esquecerei de lhe levar a camisa! Outro abraço."

Pois é, e sou eu que conto histórias inconclusivas. Mas o Victor Marques da Costa tinha razão, telefonar à polícia a dizer o quê? Aos hospitais a perguntar por quem? Além disso não gosto de polícias e evito hospitais. Entra-se inocente e sai-se culpado. Entra-se saudável e sai-se doente.

Aliás, neste caso, já temos um início possível e uma possível conclusão. Não se sabe é de que história. O Victor Marques da Costa contou o início, o compatriota do Museu Freud contou o fim, e eu escrevi tudo tal e qual. A parte inconclusiva da história seria portanto a que ficou escondida no meio. E essa é a história do que eu não posso saber e que o Victor Marques da Costa diz que não sabe. Ou quer que eu não saiba.

O que eu me pergunto agora mais uma vez é por quê. Por que ter-me vindo contar tudo aquilo, dizer-me o que disse para não me dizer o que não disse. Não por que a mim, mas por que ele querer dizer tudo isso a alguém, precisar de legar a alguém essa sua inconclusividade. Sei perfeitamente que poderia ter sido a mim ou a qualquer outro, sei isso perfeitamente, ele precisava de contar e poderia perfeitamente não ter sido a mim. Pois é, mas foi a mim. Como se me competisse tornar a sua inconclusividade permanente.

Está bem, eu dei-lhe jeito porque moro na vizinhança e, já que estava perto e lhe dava jeito, também lhe deu jeito dizer que eu escrevo esses romances que ele disse que são sobre vidas inconclusivas. Para me predispor a aceitar a sua história como se já fosse um romance meu de que ele tivesse emergido em vez de uma história dele ainda por completar. Insistindo nisso várias vezes, exageradamente. Como se todas as vidas não fossem inconclusivas. Exceto quando deixam de o ser porque deixaram de ser vidas, é claro, quando as pessoas morrem e a conclusão é a sucata, como dizia o poeta que sabia dessas coisas. Mas o Victor Marques da Costa a dizer-me tudo isso como se eu já fosse uma testemunha do não acontecido. Do sequestro que não foi sequestro. Da Lenia que não era a Lenia. Do seu grande amor que nunca o teria amado. A estabelecer o que em linguagem forense ou policial se chamaria um álibi, portanto. Pelo menos um álibi psicológico. Mas álibi de quê? Um álibi serve para provar que alguém não podia estar onde se julga que esteve, que não fez o que se julga que fez. O Victor Marques da Costa é um confessado construtor de mapas imaginários. Sabe, devo-lhe ter dito, que comecei há pouco um novo livro. Se calhar até lhe disse que estou ainda naquela fase em que procuro encontrar as personagens. Ou a querer que as personagens me encontrem, como eu costumo dizer meio a sério. Em todo o caso que ainda não sei muito bem o que vou querer dizer através delas, porque vai depender delas. O álibi do Victor Marques da Costa se calhar é esse, ser personagem de si próprio num mapa imaginário supostamente construído por mim. Bom, sim, construído por mim mas desenhado por ele.

Ou porventura um álibi não apenas psicológico, se calhar um álibi tal e qual, com tempo e espaço, com a hora confirmada de chegada a minha casa. A perturbação em que ele estava, quando chegou. O receio à noite de ter de ir de repente. Ou de que alguém o viesse procurar. O alívio de manhã quando ninguém veio. Isso tudo acrescentado à ambulância de que falou o guarda do Museu Freud. E a polícia. Sim, confesso que já me tinha passado pela cabeça, mas foi ele que me perguntou, meio a rir, ao telefone, se eu achava que ele tinha matado a hipotética mulher e o suposto homem mais velho do prédio em frente à casa do Freud. E essa seria a parte da história que ele não pode contar, a história que precisaria que eu não saiba para não ter acontecido, a história do que poderia ter sido, do que teria de desacontecer. Eu a ser o seu álibi, em suma, como autor de uma história dele, o seu cúmplice numa história que não sei nem posso saber qual seja sobre gente que não sei nem posso saber quem possa ser.

5

A PNEUMONIA

Sendo assim, fui reler as trinta e tal páginas do que seria o romance que tinha começado antes de o Victor Marques da Costa me vir contar a sua inconclusiva história. Ficam de reserva. Sabe-se lá se ainda poderão vir a ser úteis. *Only connect*, já lá dizia o outro.

Voltemos entretanto um pouco atrás, às vésperas do Natal de 1989, quando Lenia Nachtigal passou para o outro lado do muro colapsado de Berlim.

Já se viu que era uma jovem mulher com sentido prático, meticulosa mesmo na imprudência. Arrumava a roupa cuidadosamente antes de saltar para a cama com o namorado. Cumpria as leis para poder desviar-se delas. Até conseguiu obter alguns marcos ocidentais antes de partir. Não pode ter sido fácil, as reservas legais estavam sujeitas a quotas e as ilegais tinham-se esgotado. Portanto não levou muito dinheiro, embora em princípio o suficiente para uma ou duas semanas.

Ora bem. Para onde teria ido e quais os seus planos imediatos? Berlim Oeste não lhe bastaria, só teria podido servir como plataforma para paragens menos próximas. Eventualmente Portugal não estaria fora do seu imaginário, o país das vogais ocultas, o não lugar que Otto inventara para ela, o futuro de um passado que ela transpusera no seu inconcluso Victor. Mas não logo, talvez depois. O passado teria de ser adiado para depois do futuro.

Julgo igualmente que Lenia não estaria a pensar em termos imediatos de carreira profissional, embora soubesse que em breve teria de decidir como prossegui-la. Ou se de fato iria querer prossegui-la. A perturbadora experiência da *Traviata*, incluindo o seu extraordinário sucesso, tudo aquilo para que longa e laboriosamente se havia preparado e se tornara na sua consciência de si própria tinha-se misturado com tudo mais que naquelas semanas acontecera nas ruas de Berlim. A sua ambição pessoal diluíra-se nesses acontecimentos, mudou-lhe o rumo, ter-se-ia tornado para ela num necessário adiamento ou mesmo numa provisória desistência necessária para que algo de outro lhe pudesse acontecer. E seria isso que agora ambicionava, ser outra no alvoroço de viagens para onde não conhecesse e de onde não soubesse se poderia regressar.

E a pneumonia? Aconteceu em Viena, para onde teria ido por ter contatos com gente da ópera? Não, já decidi que a ópera estava adiada por uns tempos. Talvez Paris. E Paris por duas razões funcionais. A primeira é que conheço Paris melhor do que Viena, sinto-me mais à vontade para contar como foi. A outra é que há lá muitos portugueses, com quem eventualmente ela poderia ter tido algum contato que facilitasse uma futura ida a Portugal, caso assim decidisse. Além de que também daria jeito por me permitir deixar latente uma relação implícita com a fantasia do Victor Marques da Costa sobre o cerimonioso motorista francês. Se vier a ser útil, já lá fica. Se for redundante, ninguém terá notado.

Como qualquer intelectual estrangeiro bem informado, e portanto ignorante das mudanças plutocráticas na margem esquerda, Lenia pretendeu instalar-se num hotelzinho barato no *sixième* ou *cinquème*, mas os preços rapidamente desmentiram a sua desejável existência. Foi andando Rue Monge acima e, passada a fronteira para os Gobelins, acabou por arranjar um de aparência minimamente aceitável numa das transversais antes da Place d'Italie. Com um argelino gordo na recepção, olhando de lado para ela a medir possibilidades.

"*Ta collègue est dejá là. Chambre quatre. La tienne est la cinq, de l'autre côté du couloir. Le patron va bientôt arriver. Dépêche-toi.*"

Colega? Patrão? Despacha-te? *Entschuldigung!* Não dava para entender mas Lenia estava cansada de procurar hotel, aceitou a chave, subiu, tinha pouca bagagem a arrumar nas prateleiras plastificadas, e despachou-se para aproveitar o resto da tarde. Quando desceu, a outra presumível do quarto em frente estava junto ao balcão explicando que não sabia de nenhuma colega nem de qualquer patrão.

As duas riram-se do equívoco quando o perceberam, o subitamente inquieto recepcionista a justificar-se, agora em respeitosos tratamentos de *vous* e de *mademoiselle*. O equívoco era que o argelino as tinha presumido outras, duas protegidas do patrão. As quais, já que elas não eram essas, deviam estar a chegar, e mais tarde também o patrão, e ele sem quartos adequados. Não se importariam de partilhar o único que sobrava, no último andar? Se preferissem, arranjaria maneira de pôr lá duas camas pequenas em vez da cama de casal que lá estava, seria um grande favor, o patrão era um homem difícil, *très difficile*, certamente o despediria, ficariam nessa noite sem pagar, as noites que quisessem, ele próprio mudaria as coisas delas para esse quarto, ou então até lhes arranjaria no dia seguinte outro hotel ali perto, tinham de compreender, além de perder o emprego o patrão era um homem temível quando contrariado, *très difficile*.

A do quarto em frente perguntou simplesmente:

"*Sans payer?*"

"Sim, sem dúvida, certamente, sem pagar." Isto em francês, é claro.

E ela para Lenia, também em francês:

"Daria para um bom jantar... *Ça te va?*"

Lenia estava por tudo, e a ideia de um bom jantar numa noite de janeiro gélido depois das carências andarilhas dos últimos tempos também lhe agradava. Ao fim de um mês o dinheiro começava a escassear, aquela desconhecida mais ou menos da sua idade parecia ser tudo que ela não era, mas nem por isso menos simpática, até pelo contrário, e as condições não seriam piores do que a de quartos que já tinha tido de partilhar em Berlim. O tal temível patrão do argelino poderia perfeitamente ser um traficante de mulheres, tudo indicava que fosse, mas as duas juntas até estariam mais protegidas. Enfim, por que não?

A outra também tinha o resto da tarde e a noite livres, o pai chegava na manhã seguinte mas não, que ideia, não ficaria naquele hotel nem em nenhum parecido, ela e o pai tinham vidas separadas, o pai desaprovava a sua, cultivava confortos de hotel de luxo e vinha a Paris para tentar salvá-la de si própria.

O passeio nas margens do Sena foi agradável, mas sem dar para muitas conversas por causa do frio. A Lenia a espreitar alfarrabistas, a outra a querer ainda assim comentar gravuras eróticas e postais brejeiros.

O jantar num pequeno *bistrot* à antiga, na Rue Dauphine, também não foi nada mau, até a frugal Lenia saboreando com entusiasmo a boa cozinha burguesa. A outra antecipando o futuro:

"Mas olha, com meu pai vamos ter certamente um jantar ainda melhor amanhã. Deixamos que ele durma durante o dia por causa do avião e no fim da tarde eu te convido para vir comigo." A tratá-la em francês por *tu*, de amiga íntima. "Não te importas, não é?, dá-me mais jeito. E ouve, qual é mesmo o teu nome?"

"Lenia."

"Não é possível! Eu também! É como se fôssemos irmãs. Não, não, mais do que irmãs! Até somos parecidas, tu não achas? Só que eu mais morena do que tu. Sou brasileira, sabes? Do lado do meu pai. Da minha mãe não sei."

"Portanto também falas português! Eu também."

Sendo assim, mudaram do francês em que ambas eram estrangeiras para o português em que uma delas não era mas que passaria a ser a língua partilhada. A outra Lenia continuou sem pausa perceptível o que começara a dizer sobre o pai, agora designado como "papai" e o *tu* transposto para um não menos íntimo "você" brasileiro:

"Sabe, papai é um brasileiro-turco da Palestina. Sírio, ou coisa parecida. Falando de cedros que diz que já não há."

"Então é libanês."

"É mesmo? Você conhece o Líbano?"

"Não, mas... Conheci pessoas que trabalhavam em embaixadas."

"Eu nunca quis saber exatamente. Por isso acho melhor dizer que meu pai é turco. Porque apoia a causa da Palestina. Falando sempre do direito à terra, igual ao dos sem-terra no Brasil. Queria que eu participasse, com cabeça tapada e tudo.

Não, isso não é verdade. Papai fala pouco de religião. E do cabelo tapado nunca falou. Com o calor do Brasil também não podia. Sobretudo no Rio. Mas manda dinheiro para eles. Dizendo que se Israel tem direito, a Palestina também tem. Que é tudo a mesma gente. Que a terra deve ser partilhada. Papai tem um negócio de importações e exportações. Minha mãe deve ter sido clarinha como você mas nunca a conheci. Nunca tive mãe. Acho que de repente papai importou uma, me fez nascer muito depressa e depois a exportou de novo. Para me ter como lucro só para ele, sabe como é? Ou então ele gastou o que ela era e não sobrou nada. Ou jogou fora o que sobrou. Deve ter mandado para os pobres da Palestina. Portanto sou meio turca. Embora não pareça, não é? Nós duas até somos parecidas, eu acho, só que eu mais moreninha. Sou Lenia Benamor. O nome deve ter sido Ben ou Ibn qualquer coisa em turco, mas no Brasil virou Benamor."

"Um lindo nome. Lenia Bom Amor... Mas não é fácil, pois não? Amar bem."

Lenia Benamor saberia ou não que o sufixo Ben designa a paternidade, "filho de", mas gostou da interpretação da amiga.

E esta disse:

"Eu sou Nachtigal. *Nacht* significa noite."

"Papai é Almir. Ele me disse que em árabe significa príncipe. No Brasil é como se fosse qualquer outro nome, não significa nada. É um nome normal. Mas em turco significa que é príncipe. Mesmo já não sendo, entende? Porque virou turco-brasileiro."

"E eu não sei quem foi o meu pai."

"É mesmo? Então nós nos completamos. Podemos trocar."

"Não havias de querer a minha mãe em troca, tenho a certeza."

"E eu não sei se você ia querer o meu pai. Então a troca fica sendo essa. Trocamos a minha mãe pelo teu pai. Trocamos o que não temos. Assim ganhamos as duas. Logo que pude, deixei a casa do meu pai. Papai era possessivo demais. Me queria toda para ele, não aguentei. Fui com um português para Lisboa. Você aliás fala o português deles."

"Do país das vogais ocultas."

"Ai que bonito! Mas é mesmo, não é? Fechadinhas."

"Tu não. Tens vogais mais italianas, mais como na ópera."

"Você gosta de ópera? Papai também."

"Treinei-me para cantora. Sou cantora..."

"É mesmo? Eu gosto de dançar. Vai ver que de repente podemos fazer um show juntas. *The Lenia Sisters*. Você canta e eu danço."

"Bom, sabes... Voz de cantora de ópera..."

Mas Lenia Benamor não estava interessada em saber. Tinha gostado da analogia das vogais e prosseguiu-a:

"É, no Brasil as vogais se abriram com o calor. Depois também me cansei do meu português fechadinho e vim para Paris. No Rio ele parecia uma pessoa diferente, estava mais aberto, mas em Portugal se fechou de novo, que nem as vogais. A família dele tinha modos de grã-fina. Exilados no Brasil depois da Revolução dos Cravos. Depois os cravos murcharam, a família regressou e ele foi mais tarde para ser advogado de brasileiros em Portugal. Vai ver que ele também murchou como os cravos da revolução. Abriu escritório e fechou as vogais."

Mas a questão, para ela, não era política, a política não lhe interessava, isso eram coisas do pai dela. Afinal no Brasil tinha havido uma ditadura militar e em Portugal os militares tinham feito uma revolução contra a ditadura. Portanto o problema não era por aí. O problema, para ela, não tinha sido no Brasil mas em Portugal. Era a ideia que os portugueses têm dos brasileiros, sobretudo das mulheres brasileiras. Ou, pelo menos, aquele português, já que nem todos que conheceu a tratavam como a uma brasileira de telenovela. Uma bunda brasileira. Aquele depois de fechadinho em Portugal foi como passou a tratá-la. Como se ela quisesse estar sempre a trepar com todos os outros homens. Virou ciumento, possessivo, controlador, um aiatolá como o pai dela afinal nunca tinha sido. Só tinha parecido ser. Ou então tinha querido ser e ela não deixou. Não o português, o pai dela. Mas o português também e ela também não deixou. E se ela quisesse trepar com quem quisesse, que é que isso tinha de mal? O corpo não era dela? A bunda não era dela?

"Mas aqui em Paris não aguentei tanta miséria. Tentei ser mesmo como o português dizia que eu era, fui *la brésilienne* de dança no varão, o *pole dancing* era o mais fácil, gosto de dançar, o pior é que não era só com a vara nem era só dançar, não aguentei mais e escrevi pro meu pai pedindo dinheiro: Dr. Almir Benamor, Importações & Exportações. Em vez de ele mandar para os sem-terra da Palestina. Também eu estava sem terra. Não mandou o dinheiro mas chega de madrugada. Agora é que você vai me ajudar. Vamos as duas de burca jantar com ele amanhã."

Tudo isto Lenia Benamor foi contando à sua nova amiga enquanto não conseguiam adormecer nos precários divãs que o argelino colocara lado a lado no sótão gelado, de janelas mal engastadas, que haviam aceitado partilhar. Mais importante do que ter podido desabafar, e era a primeira vez que sentia poder inteiramente, tinha sido sentir na Lenia Nachtigal uma cumplicidade de irmã que nunca tinha tido na sua infância solitária de filha única e sem mãe.

Não foram de burca mas foram jantar com o islamita brasileiro. Afinal um senhor cordialíssimo, barba bem aparada a compensar uma calvície incipiente rodeada de cabelo curto, homem confiante na sua aparência, bem mais interessante do que a filha fizera esperar. Se ficou contrariado com a inesperada intrusão de Lenia Nachtigal, tinha excelentes maneiras, não mostrou. Pelo contrário, comentou em aparte para a filha:

"Moça bonita!"

E a filha, orgulhosa da amiga:

"Ela é cantora, papai. Você vai gostar. Vamos fazer um show juntas. Ela canta e eu danço."

Não teria parecido um bom início de conversa para Lenia Nachtigal, que se apressou a explicar que não seria bem assim, que a sua voz tinha outro tipo de ressonância, visivelmente embaraçada mas não querendo que a explicação fosse entendida como esnobismo intelectual pela amiga ou como inconsciência profissional pelo pai dela, se de fato aquele amável senhor sabia alguma coisa de ópera.

Almir Benamor pareceu ter entendido o dilema e ajudou habilmente as duas:

"Pois é, você teria de retreinar a voz. Ou destreinar. São técnicas diferentes, não é? Mas fariam um duo bonito. Deixa adivinhar o que você é. *Mezzo?*"

"Ultimamente também soprano. Cantei a *Traviata*. Mas sim, basicamente *mezzo*. Só que há mais de um mês que não canto. O pior é que não tenho feito exercícios de voz. Já nem sei se tenho voz."

"Ah, não, isso não pode! Você tem uma grande responsabilidade, sendo cantora. É preciso melhorar o mundo, moça! Devia haver orquestras em vez de exércitos e cantores em vez de políticos, você não acha? Não desperdice a sua vocação. Ainda mais se chamando Nachtigal. Um rouxinol nunca desiste de cantar. Recomeça quando parece ter terminado."

"Sim, talvez. Mas de momento é uma vocação adiada", disse Lenia Nachtigal. "Preciso de pensar. Já expliquei isso ontem à Lenia."

Não tinha explicado coisa alguma, não tinha tido oportunidade, na véspera quase se limitara a ouvir e pouco falara de si, mas assim completou a ação diplomática do pai da amiga, trazendo-a de novo para a conversa.

O encontro decorreu no Hotel Lutétia, no Boulevard Raspail, com refinamentos em trânsito de *art nouveau* para *art déco* e luz difundida por lustres Lalique metamorfoseando o realismo modernista das esculturas de César e de Arman. Almir Benamor falou um pouco do hotel, disse que tinha uma história interessante, era o seu hotel favorito, ficava lá sempre que ia a Paris. Atualmente não tantas vezes como antes, viajava menos. Ainda conhecera a antiga dona, mais velha do que ele era agora. No fim dos anos sessenta. Durante a guerra o hotel tinha sido confiscado pelos espiões nazis da *Abwehr*, mas o pessoal enganou os espiões construindo um falso muro para ocultar a garrafeira. Foram ocupados mas salvaram os melhores vinhos para celebrar a libertação. Tinha sido a sua forma de resistência. De permitir que o passado fosse recuperado no futuro. Depois da guerra abriram as portas a sobreviventes dos campos de concentração nazis. Ainda agora tinham uma das melhores garrafeiras de Paris. E um ótimo restaurante.

O menor era bom, a Brasserie, mas o outro, o Restaurant de Paris, era magnífico. Decoração inspirada num transatlântico dos anos trinta.

"Vocês vão gostar."

Um emissário do restaurante veio dizer que a mesa estava pronta. Almir Benamor levantou-se:

"Então está na hora de viajarmos. Vamos."

As duas Lenias tinham bebido *coupes* de champanhe, que ele declarara ser obrigatório porque o hotel agora pertencia à família Taittinger. Para ele, um coquetel não alcoólico. Mas à mesa escolheu cuidadosamente um Chambole Musigny de 1971, provou, saboreou, aprovou:

"*Très convenable.*"

"Papai, mas o Alá deixa?"

"O Líbano produz vinhos, você não sabia? Bons vinhos. Não tão bons como este, mas bons. O Corão não diz nada contra os bons vinhos, minha filha. A proibição não é beber, é o pessoal se intoxicar."

E para a Lenia Nachtigal, em exploratória cumplicidade:

"Você certamente entende a diferença. Não se intoxicar para poder saborear melhor. É claro que você entende. É como controlar a música com a voz. É tudo uma questão de controle." Isto dito a sorrir, procurando olhá-la nos olhos, que ela baixou, sentindo-se corar sem ter de quê ou por não perceber se teria por quê.

A Lenia brasileira também percebeu qualquer coisa que não percebeu exatamente o que fosse, e não sabia se gostou. A sentir-se desalojada. O pai flertando com a amiga? É certo que a moça era mesmo bonita, o pai tinha logo comentado, mas, por isso mesmo, ela teria achado que não devia gostar do interesse do pai e agrediu:

"Papai, fala para ela da minha mãe." Implicitamente sugerindo a diferença de idades, o fato de que o pai tinha idade para ser também pai da outra. "Você pra mim nunca contou tudo. Não contou nada. Falou sempre menos do que não falou."

E designando a amiga, no entanto sem hostilidade, segurando-lhe a mão em implícita aliança de irmãzinhas, para que ela colaborasse, querendo mostrar que a agressividade era apenas dirigida contra o pai:

"Minha mãe se parecia com ela? Mais do que comigo? Você a mim nunca disse como foi. Como ela era. Só falou que não tive, que quando nasci não podia ter mãe. Fala para ela para eu também ficar sabendo. Agora eu preciso saber. Acho que nós duas precisamos. Também se chamava Lenia, como nós? Era alemã como ela? Você não acha que somos parecidas? Também sou meia alemã?"

A aproximação dos empregados com os pratos principais adiou a ameaçada confrontação. Campânulas levantadas em orgasmos simultâneos, como manda a praxe gastronômica dos grandes restaurantes. A Lenia brasileira transferiu os ressentimentos contra o pai para o prato. O que era aquilo? Tinha pedido *riz de veau aux morilles*, presumindo que seria arroz com vitela e cogumelos, não entendia o que pudesse ser aquela coisa meio cremosa que parecia feita com miolos. O pai explicou o que era, satisfeito com o desvio na conversa.

"O quê, papai, comer pâncreas!"

"Você não come fígado? Ou rim?"

Mas disse depois que, se ela preferisse, podia trocar com ele, ao menos o seu *magret de canard* via-se logo que era peito de pato e não um canário emagrecido. A filha não achou graça mas, antes que reagisse, encheu-se de brios porque a Lenia alemã interviera dizendo solidariamente que teria feito o mesmo engano, *ris* e *riz* são quase a mesma palavra, e que também se não importaria de trocar com a amiga a sua menos aventurosa escolha de *poulet à l'estragon*.

Ninguém trocou nada com ninguém, todos provaram dos pratos dos outros, era tudo delicioso, a Lenia brasileira finalmente a querer salvar a face declarando que não tinha feito engano nenhum, estava só fingindo ignorância para envergonhar o pai em público, que bem merecia por não a ter levado antes a um grande restaurante. Os outros dois deixaram-na dizer como se acreditassem, os três acabaram rindo e ficaram ainda mais felizes com as sobremesas, a magia da alta cozinha tinha funcionado. Com o ótimo vinho a contribuir.

De novo no salão, onde preferiram tomar o café para poderem prolongar o convívio sem inquietações dos empregados, Almir Benamor quis que Lenia Nachtigal lhe contasse o que se passara em Berlim: a queda do muro que ela testemunhara, a sua percepção do que acontecera, a sua participação na ação política dos artistas, porque na maioria gente ligada ao teatro... Mas sobretudo queria saber o que a teria levado a querer sair nesse momento que afinal era de esperança renovada, que poderia ser o início de uma nova era. Almir Benamor era um bom ouvinte, parecendo genuinamente interessado no que ela foi dizendo e visivelmente apreciando a sua percepção das coisas.

A filha também se beneficiou, estava a descobrir um homem diferente no pai, um homem interessante e sedutor, começou a achar que até então o teria julgado injustamente. Por isso percebeu também que, pela primeira vez, estava vendo esse pai com olhos de adulta e não da criança controlada que havia sentido ser ou, mais tarde, da adolescente rebelde em que precisara de tornar-se. Talvez por não ter tido mãe, o pai preocupara-se com ela excessivamente. Dizia que conhecia todos os seus pensamentos, que tinha uma corrente invisível, como uma espécie de telefone mágico, por onde ouvia tudo o que ela pensava. A controlá-la dessa maneira e ela acreditando. E mesmo gostando que assim fosse.

Até que um dia, cheia de medo, fez de propósito para pensar muito mal dele, imaginando que o tinha matado com a faca da cozinha e ficado a rir contente. Depois ficou à espera que o pai soubesse, chegou junto dele receando os piores castigos, que ele a fechasse no quarto escuro. Tinham uma empregada cabocla que lhe dizia que se ela fosse má o pai mandava fechá-la num quarto escuro, com aranhas no cabelo e ratos nos pés e escorpiões na barriga e baratas a roerem-lhe os olhos. Não sabia onde ficava esse quarto, na casa não tinha quarto escuro, mas certamente havia um. Também não sabia se o pai é que tinha mandado a cabocla dizer o que ela dizia. Mas não aconteceu nada, o pai afinal não sabia o que ela havia pensado. Ficou mais decepcionada do que contente. Como se o pai não gostasse dela. Pensou em dizer-lhe o que tinha pensado, ele morto por ela e ela rindo, mas ficou calada. Para o provocar, para o punir, começou a fazer coisas sem lhe dizer, não coisas apenas pensadas mas coisas feitas mesmo, por exemplo, com os meninos pobres da escola pública, que a chamavam rindo quando ela passava a caminho da sua, de meninas ricas. Moça precoce e igualitária, a mexer nos pipis dos meninos, a deixar que eles vissem o dela. E o pai sempre sem saber. E ela a sentir-se malamada. Só lhe falou do quarto escuro e de toda aquela bicharada roedora muito mais tarde. Afinal ele não sabia do quarto, era tudo maldade da cabocla. Afinal ele não tinha o poder que ela imaginava.

Mas agora notou, ou reconheceu, que o pai nem sequer tinha ralhado por causa do seu mau comportamento recente, por ter saído de casa nas circunstâncias em que saíra e depois ter precisado da sua ajuda. E pensou que isso afinal era bom, afinal não era desamor, porque ele ficara sabendo do seu mau comportamento mas não cobrou, até lhe escreveu imediatamente dizendo que vinha logo. E não foi só promessa, viera mesmo, estava ali para ela sabendo que a sua experiência portuguesa não tinha sido feliz e a francesa pior ainda, mas não precisando saber mais para ter vindo.

Também por isso, ou porque a cumplicidade é a face positiva do ciúme, mesmo a latente rivalidade que porventura num momento houvesse sentido em relação à sua nova amiga se tinha dissipado na satisfação da amiga ser sua, uma amiga em cuja companhia também se sentia valorizada pelo pai, uma dádiva sua ao pai. Cantora de ópera a sério! Boa cantora, certamente. Não tinha tido muitas oportunidades de ir à ópera, quis saber qual era mesmo a história da *Traviata*. Lenia Nachtigal e Almir Benamor contaram, citando as passagens mais significativas. Achou que aqueles Germont incluindo a filha que era irmã do rapaz, a *si dolce e pura* que só servia na história para bagunçar a Violetta Valéry, eram todos uns maus-caracteres. Mas ficou com pena de nunca ter visto.

"Por que você nunca me levou à ópera, papai?"

"Ainda há tempo para isso. Agora que vamos ser amigos, não é?"

E se o pai achava a amiga uma mulher interessante, se estava assim tão encantado com ela, por que não?, o pai afinal era ele próprio um homem interessante, era normal que a amiga também o achasse. Ou assim teria pensado, com insciente, ou porventura inocente sabedoria edipal transposta para a outra Lenia, se é que não ao mesmo tempo para a prostituída mas virtuosa Violetta Valéry que Lenia Nachtigal personificara na ópera.

Lenia Benamor não teria grande cultura musical ou literária, pelo menos gostava de parecer que não tinha, sempre reagira contra os interesses culturais do pai, mas nem por isso era menos perceptiva, tinha adquirido à sua própria custa a inteligência dos sentimentos. No entanto, na narrativa da amiga havia qualquer coisa que lhe escapava. Perguntou qual era mesmo a relação que ela procurara estabelecer entre a récita da *Traviata*, a sua interpretação do papel de Violetta Valéry e os acontecimentos públicos em que depois participou.

Almir Benamor concordou com a filha, também não era muito evidente para ele. Ou talvez entendesse:

"O muro se abriu dentro de você?"

"Sim, claro", disse a filha. "Isso já percebi. Mas qual era esse muro que abriu dentro de você? Por quê? Isso é que eu queria saber."

Lenia Nachtigal disse que ela própria não sabia, não entendia muito bem. Nem mesmo se esse muro se tinha aberto:

"Não sei. Talvez porque até então sempre soube quais eram as regras. Mesmo para poder evitá-las. Ou utilizá-las. Depois daquela noite na ópera fiquei sem perceber qual era a lei. Qual era o muro. Ainda agora não percebo. Desculpem, estou a dizer disparates."

"De jeito nenhum", disse Almir Benamor, "há coisas que a gente não entende logo e muitas vezes são as mais importantes. Mas estou certo de que você depois vai entender."

"Ontem você me disse que também tinha tido um namorado português, como eu", interveio Lenia Benamor, a querer ajudar. Queria saber se a causa seria essa, buscando na sua própria experiência uma explicação plausível. "Era fechadinho, como o meu? Por isso você teve que abrir o muro?"

"Não sei. O meu amigo português foi um bom amigo. Vivia num país imaginário. Mas depois não soube ensinar-me o caminho para lá. Quem me poderia ter ensinado foi outro amigo. Um homem muito mais velho, que deveria ter sido meu pai. Mas não sei se esse país existe. Sim, deve ser isso."

Lenia Nachtigal falou então de Otto e de Victor, como se fossem partes complementares do que não entendia. Os seus dois amigos, como os caracterizou.

Almir Benamor perguntou:

"*Germont père et fils?*"

"*Nein, nein*. Não é isso. Se alguma coisa era o contrário. O que dos dois poderia ser o Germont pai seria o Germont filho e o filho o pai."

"Você diz isso porque não tem pai", interveio de novo Lenia Benamor. Explicou para Almir Benamor: "É porque ela não tem pai e eu não tenho mãe. Nós nos completamos. Você já viu que ela não falou na mãe? Como você nunca fala na minha? Fala agora, papai." Desta vez era mesmo um pedido, sem agressividade.

"Ouve, querida Lenia", Almir Benamor começou como se fosse responder à filha. Mas depois olhou para Lenia Nachtigal. Olhou de novo para a filha: "Bom, vou tentar. Mas você sabe que eu não sei falar muito bem dessas coisas." Ironizou: "Tudo para mim vira sempre acontecimento público você já sabe. Questões políticas. Palestina e Israel, a ditadura militar no Brasil, a revolução dos cravos em Portugal quando ainda havia ditadura no Brasil, a queda do muro de Berlim. Deve ser a minha defesa, mas é a linguagem que eu entendo melhor."

"Anda, papai, fala logo tudo de uma vez! Já não sou criança. Até já fui prostituta em Paris, papai! Que nem a da ópera. Deixa disso!"

Se a intenção era chocar o pai, não pareceu conseguir:

"É. Você tem razão. Nunca contei porque achava que você ainda não podia entender. Era nova demais. Agora você também já sofreu sozinha e já pode entender. Tem razão, agora é melhor saber, mesmo que continue não entendendo. Bom, mas vou dar antes uma estatística. Na nossa sociedade... quer dizer, nos países ocidentais, que é onde há estatísticas desse gênero... por exemplo na Inglaterra e na França... Olha, é assim: estatisticamente, parece que quase vinte por cento das crianças são filhas de um pai que não é o pai oficialmente registrado. Antes do DNA não havia como saber ao certo quem era o pai biológico e atualmente também nenhum pai legal vai querer logo averiguar, sabe que é pai porque sente que é pai."

A filha, alarmada:

"Espera aí, você está dizendo que afinal não é meu pai?"

"Não, que ideia. Não é isso. Claro que sou seu pai."

"Jura?"

Ele riu:

"Juro por Alá. Era de sua mãe que eu estava falando."

A filha riu também:

"Então você está defendendo o Islã, papai! A submissão das mulheres, para os homens terem a certeza de que são mesmo o pai dos filhos delas. Já viu, papai é pior do que o meu português!", acrescentou para Lenia Nachtigal. "Devíamos ter vindo de burca. Eu logo te avisei."

"Não, não estou me explicando bem", disse ele. "Vai ver que falei de estatísticas porque é a minha profissão. No meu ramo de negócios são importantes para avaliar os riscos. Mas houve um tempo em que eu não avaliava riscos. Estou querendo dizer que foi por isso que você nasceu."

"E que você é mesmo meu pai?"

Almir Benamor voltou-se para Lenia Nachtigal, como se a pedir ajuda:

"Você também é muito nova mas talvez já tenha ouvido falar do Maio de 68? Dos tumultos aqui em Paris? Da liberdade na rua? Da imaginação no poder? O que aconteceu agora em Berlim deve ter sido parecido. Aqui em Paris foram sobretudo os estudantes, mas também alguns artistas. Por exemplo, o Teatro do Odéon ficou do lado dos estudantes. Cercado pela polícia armada. Com viseiras de extraterrestres e metralhadoras apontadas. Julgávamos que era a revolução. Eu era estudante aqui em Paris."

Disse para a filha:

"Mas isso você já sabia. Que vim estudar em Paris depois do curso no Rio. Por causa da ditadura no Brasil. O meu pai achou prudente. O seu avô. Fui estudante aqui perto, nesta mesma rua, na École Pratique des Hautes Études. A École des Hautes Études en Sciences Sociales, de seu pomposo nome atual. A duas quadras daqui. Passava aqui em frente, ficava olhando. Por isso sempre desejei ficar nèste hotel. Fiquei uma noite."

"Papai, e eu conheci o meu avô?"

"Não, minha filha. Mas você ainda conheceu a sua avó."

"Tá bem, dela me lembro. Fazia um doce de leite muito gostoso. Quando eu era pequena e tinha medo das aranhas e dos ratos e das baratas e dos escorpiões. Se lembra, papai?"

Se ele se lembrava, não disse. Continuou:

"Os militares prenderam o seu avô antes de você nascer. Acusado de subversão. Tinha ajudado outros a fugir. Ele não tinha feito nada, só ajudou. Era um homem religioso. Um homem bom. Ajudava os perseguidos. Também tinha ajudado judeus a virem para o Brasil durante a guerra. Antes de haver Israel e Palestina. Ou o muro de Berlim. Porque é tudo a mesma gente. Certamente foi torturado. Foi um dos desaparecidos."

"A minha mãe era da Stasi", disse Lenia Nachtigal sem precisar de dizer mais.

Depois de um longo silêncio, Almir Benamor repetiu:

"Somos todos a mesma gente." E acrescentou: "Às vezes no seu reverso."

"E minha mãe? Conta, papai."

"Ela era filha do meu *Directeur d'Études*. Noiva de um moço sensato e ambicioso, de famílias tradicionais francesas. Alta burguesia da província, com veleidades aristocráticas. O moço não acreditava na revolução e afinal ele é que teve razão. Ela acreditou comigo, mas a revolução acabou antes de acontecer."

Almir Benamor calou-se, mas claramente não tinha terminado. As duas raparigas aguardaram. Ele olhou em volta, como se a querer ver se mais alguém estaria ali.

"Durante os *événements* os hotéis de luxo estavam vazios. Ficamos neste hotel uma noite. Preço simbólico, só para fingir que se pagava. Não tinha outros hóspedes, a dona nos deu a suíte nupcial."

"Foi aqui que eu fui concebida?"

"Pode ter sido. Ou talvez não. Houve antes e houve depois. Foi um tempo feliz. Achei que estava sendo um tempo feliz. Até que eu tive de voltar para o Brasil por causa do meu pai. E da sua avó. Para tomar conta da firma. Aplacar os militares.

Não me orgulho disso, mas fui. Me sentindo comprometido com tudo aquilo. Tendo de pactuar com o pessoal que matou o meu pai. O Brasil mudou mas não sei se eu mudei. Esse Brasil era eu contra mim e isso ficou sendo para sempre. Enfim, não sei. Ela voltou para o noivo. Estava grávida. Depois você nasceu no Rio. Tal como está nos seus documentos. Só que na certidão de nascimento não tem nome da mãe."

"Mas então ela foi pro Rio para estar com você."

"Mas não para ficar comigo. Não. Tinha recusado quando pedi que fosse. Para ficar nunca teria ido. Só percebeu que estava grávida depois de eu ter regressado ao Brasil. Quando já tinha voltado para o noivo. Não podia fazer como nas estatísticas, dizer ao noivo que ele era o pai da criança. As famílias católicas francesas são muito convencionais. Ao menos no Brasil é tudo misturado. Se é preciso, tem até grão-vizir em escola de samba. Ou sultão no candomblé. Aquela era uma gente rica, da França profunda, com um *manoir* perto de Poitiers e capela privada. Foi virgem para o casamento vestida de branco e com flores na cabeça. O noivo acreditou porque quis. E terá continuado a acreditar depois de casados porque não sabia a diferença. Nunca tinham ido para a cama juntos. E ela certamente passou a querer que ele acreditasse. Ou mesmo a querer que tivesse permanecido sempre virgem."

"Isso você não pode saber, papai. Você não pode saber tudo."

"Ela tinha ficado com medo da revolução. Ficou com medo de si própria, de quem ela havia sido comigo. Mas precisava de mim. Me escreveu falando em interromper a gravidez, pedindo que eu a ajudasse. Querendo que eu a obrigasse a interromper a gravidez. Sugeri que ela dissesse ao noivo que precisava viajar antes do casamento. Para se purificar dos excessos de 68. Mostrar arrependimento. Fazer penitência. Que viesse ao Brasil não dizendo que estava indo mas que ia, por exemplo, aos Estados Unidos. Ou a Roma ver o Papa. Se o noivo acreditou, não sei. Acreditou no que precisava acreditar. Então eu e ela fizemos um negócio. Ela deixou você nascer e depois regressou virgem para o casamento na capela de Poitiers. Com a condição de eu nunca mais procurar por ela e de ninguém ficar sabendo."

"Então eu sou um aborto impedido."

"Oh Lenia!", disse a outra Lenia.

O pai esforçou-se por rir. Por comoção disfarçada ou pela brutalidade inesperada:

"Não diz isso, minha filha." Mas agora sorriu mesmo, com carinho. "Você é o único triunfo da revolução!"

"E o nome dela?"

"Hélène. Mas eu chamava de Helena, em português. E às vezes Lena."

"Ou Lenia?

"Não. Mas você tem razão, Lenia é o mais próximo que podia ser. Mas Lenia é só você." Ia emendar, sorrindo para a outra Lenia, mas não terá achado oportuno dizer que ela também era. Portanto não disse, só sorriu.

"E o sobrenome? E a família? Qual o nome da família?"

"Não", interveio Lenia Nachtigal, "isso não queiras saber!"

"Por que não?", protestou a outra Lenia.

"Ela tem razão. Porque jurei nunca dizer", explicou o pai. "Sobretudo a você. Jurei em troca de você nascer. Para você poder nascer. Portanto não posso. A nossa amiga tem razão. Isso você não deve querer saber."

"Por que eu agora de repente poderia desnascer?", ironizou Lenia Benamor.

"Sim", disse Lenia Nachtigal muito séria. Depois sorriu: "Porque é a lei. E porque se pode sempre."

"Desnascer?"

"Sim. Pode-se."

"Você é louca! Papai é louco. Eu sou louca. E olha, papai, estou gostando cada vez mais de você", continuou Lenia Benamor. E segurando a mão da amiga: "Obrigada a você também. Não vou nunca esquecer esta noite. Foi você que me trouxe o meu pai. Que bom!, os três somos loucos."

Era tarde, Almir Benamor sugeriu que ficassem naquele hotel em vez de regressarem à miséria argelina.

"Tu ficas", sugeriu Lenia Nachtigal. "Eu vou e amanhã trago a tua mala."

"Te abandonar? Nem pense nisso!"

"Então amanhã vêm as duas", disse o pai. E para Lenia Nachtigal: "Vou verificar o que há na ópera."

"Vi num jornal. Parece que há um *Othello*."

"Esse eu conheço", interveio Lenia Benamor. "Nunca vi mas sei. Não sabia é que tem música." Perguntou rindo para o pai: "É sobre um turco ciumento como você, não é?"

"Ou sobre um mouro renegado", sugeriu Lenia Nachtigal. "Com raiva de si próprio."

Talvez tivesse pensado que seria oportuno mencionar a interpretação de Otelo como um islamita traidor à sua própria causa segundo o encenador do Deutschestheater. Mas, dadas as origens islamitas de Almir Benamor, talvez também tenha pensado que seria melhor não. Ou deixar para depois de terem ido à ópera.

Em todo o caso, ele já tinha comentado:

"Nada disso. É simplesmente sobre um homem que amou mais do que podia." E mudando o assunto para questões práticas: "Então está bem. Vamos tentar. Aqui no hotel geralmente conseguem bilhetes impossíveis. Acham que é legal?"

"É legal." Disseram as duas, talvez cada uma com sentidos diferentes mas ainda assim complementares.

Almir Benamor deu à filha o dinheiro para o táxi dessa noite, para o táxi do regresso no dia seguinte, e mais algum para o que pudesse ser necessário.

"Sabe?", disse ela à amiga quando ultrapassaram o argelino adormecido ao balcão. "Tenho um plano. Não tive mãe mas posso ter irmã. Você já é como se fosse minha irmã. Só falta legalizar. Você se casa com papai. Eu não posso mas você pode. Juro que se pudesse casava. Se ele quisesse. Mas você casando é como se fosse eu."

Em suma, Lenia Benamor estava apaixonada. Pelo pai? Pela amiga através do pai? Por si própria através da amiga?

"És mesmo louca...", disse a outra.

"Isso todo o mundo já sabe, somos os três loucos. Mas ele precisa de nós, você não viu como é? Estava pedindo a nossa ajuda. Por causa da minha mãe. E ele merece. Afinal é mesmo um príncipe. Não tinha te dito que Almir é príncipe? Além disso gosta de ópera e você é cantora. E amanhã vamos à ópera."

Mas no dia seguinte não foram à ópera. O contraste do frio no seu quarto partilhado com o bem aquecido Hotel Lutétia fez Lenia Nachtigal sentir-se mal durante a noite. Lenia Benamor insistiu que não seria nada, um resfriado passageiro, de manhã certamente se sentiria melhor. Era a pneumonia.

6
TEMPO DE FANTASMAS

Lenia Nachtigal sempre se sentira dona do seu corpo. Era o seu instrumento, a forma tangível das notas ainda sem som numa pauta de música, a porta da vida e não a morada da morte que sentia agora que também podia ser ou em que já se tinha tornado.

Não que a pneumonia tivesse sido assim tão grave, ou só teria sido se a medicina em França não fosse tão eficiente. Deram-lhe os antibióticos adequados, a temperatura baixou ao fim de três dias, a tosse diminuiu até ter deixado apenas uma pequena irritação incômoda na garganta. Os Benamores pai e filha tinham-se alternado noite e dia no quarto da clínica privada onde a instalaram depois da ambulância, do hospital e dos primeiros socorros. Não parecia haver motivos para preocupações, as cordas vocais certamente poderiam recuperar-se depois do necessário repouso que precedesse os graduais exercícios de voz que seriam prescritos pela professora de canto que Almir Benamor entretanto decidira contratar por recomendação do especialista que lidara com os aspectos clínicos imediatos.

Havia, no entanto, qualquer coisa que o perplexo médico não conseguia entender. Não encontrava qualquer causa fisiológica para a voz de Lenia Nachtigal ter sido afetada e, de fato, a fala estava perfeitamente normal. Tinha havido um pequeno sangramento, pouca coisa. Mas, mesmo nos rudimentares testes de canto que lhe pediu que executasse, não conseguia emitir qualquer som. Como se tivesse uma mudez seletiva, exclusiva ao canto. Não fazia sentido clínico. Mesmo recuando aos tempos pré-freudianos das histerias diagnosticadas e exibidas por Charcot, não encontrava caso semelhante. E era tanto mais inexplicável quanto aquela, basicamente saudável, jovem e, *"il faut le dire"*, bela mulher não parecia corresponder a qualquer perfil neurótico. Foi o que galantemente explicou a Almir Benamor quando sugeriu a professora no Conservatório, sua conhecida e por todos respeitada, a quem vários cantores em crise já haviam recorrido com provado sucesso.

    Almir Benamor mencionou os acontecimentos de Berlim, tentou sugerir razões públicas para reações pessoais. Já sabemos que era a sua maneira de lidar com o mundo. O que é que o médico achava? Bom, talvez houvesse alguma relação, concedeu pouco convicto. Em todo o caso que tentasse a professora de canto. Ficaria caro, mas Almir Benamor não objetou. E a vontade que a professora, por razões monetárias ou clínicas, pudesse ter de ajudar a jovem cantora a recuperar a voz tão inexplicavelmente perdida também foi incentivada pelo que entretanto se informou sobre a celebrada *Traviata* de fim de curso que a jovem *Mademoiselle* Nachtigal cantara poucos meses antes em Berlim Leste. Surpreendentemente, no entanto, ela recusou qualquer ajuda. A sua reação foi o comentário irônico de que agora, com tosse e sem voz, é que finalmente podia dar uma interpretração realista da *Traviata*.

    Almir Benamor perguntou-lhe então o que pretendia fazer, se queria voltar para Berlim, quais os seus planos profissionais para o futuro. Depois de a sua voz se recuperar naturalmente, acrescentou. Como certamente iria acontecer. E sim, ela talvez tivesse razão, talvez o melhor fosse aguardar que a voz se recuperasse naturalmente, deixariam a professora para depois.

"*Nein*, não tenho para onde ir", respondeu ela.

"E então...? Tenciona ficar em Paris? Você falou que conhece alguém em Portugal... Mencionou várias vezes Portugal quando estava com febre. Não deu para entender exatamente mas mencionou alguém que conhece. Presumo que seja o seu amigo português."

"*Nein, nein*, agora não conheço ninguém. Agora ninguém me conhece. Só vocês. Você e a Lenia. Ou talvez o Otto. Sim, sempre haveria o Otto. Ouça, Almir. Posso ficar com vocês? Consigo e com a Lenia. Pelo menos até poder chamar o Otto?"

"O tempo que você quiser, Lenia. É também o que nós dois desejamos. A Lenia minha filha já falou. Vou ter de ir ao Brasil mas volto logo. Ou então você e Lenia podem ir comigo. Não, acho melhor ficarem em Paris. Vou lá só para resolver negócios pendentes. Estou pensando inclusive em encontrar um sócio e passar a ter uma participação menos ativa na firma. Viver dos rendimentos, já começo a ter idade que justifique. Alugo aqui um pequeno apartamento onde você e Lenia ficam me aguardando. Eu vou tomar conta de você. De vocês duas. Pode ser?"

Lá poder, podia, e assim terá sido no ainda indecifrado tempo que foi passando até àquela noite da inesperada ou fatídica aparição de Victor Marques da Costa no meu apartamento em Londres. Como não sei como foi tenho de imaginar, talvez assim fique a saber.

Victor Marques da Costa tinha-me dito, no meio das suas confusões ou meias verdades, qualquer coisa no sentido de que, sem a voz, Lenia Nachtigal poderia perfeitamente não ser ela própria. E talvez tivesse mais razão do que julgava, por razões diferentes da que julgaria ter. Aquela jovem mulher física e mentalmente disciplinada teria sentido que perdera o controle de si própria e, portanto, do mundo em seu redor. A sua latente vulnerabilidade — a vulnerabilidade que tão bem soubera exprimir no palco porque afinal sempre fora parte de quem era — veio ao de cima, tornou-se dominante. Encontrou em Almir Benamor o apoio de que precisava, mas porventura não para poder ser quem sempre julgara ter sido mas para se tornar em quem não sabia que poderia vir a ser. Almir Benamor podia tomar o lugar do pai que ela nunca tinha tido (isso é tão óbvio que nem merece ser acentuado), o pai que Otto teria querido ser ou que ela teria querido que ele fosse (isso também é óbvio), mas era um pai que também a desejava na sua fisicalidade de mulher adulta. Sendo assim, deu-se-lhe toda, sem ambições próprias que não fossem dar-se. Como se a sua sexualidade de mulher adulta se tivesse transformado numa expressão da totalidade perdida da criança que tivesse desejado ter sido. Isto faz algum sentido? Sim, talvez faça algum na sua circularidade. Mas como "deu-se-lhe toda" (expressão aliás absurda porque ninguém consegue) se deixara de se sentir toda?

No entanto, perdida a voz de cantora que tinha sido o centro da sua identidade, também gradualmente foi perdendo o corpo que havia sido a morada da sua identidade. Emagreceu, fingia comer para não ter de comer, quando comia vomitava, dir-se-ia que ter perdido a voz tinha sido o prelúdio de desejar perder o corpo, em anoréctica rejeição de si própria. Ou talvez fosse o processo contrário, pode ter sido uma anterior rejeição de si própria que levou à perda da voz e à rejeição do corpo mas, de um modo ou de outro, resultando em nada mais querer de si do que tornar-se em quem aquele homem mais velho, atento, generoso, paternal mas, finalmente, também ele próprio carente de afetos, pudesse querer que ela fosse para ele. Para ela se tornar em alguém que fosse dele, num instrumento dele e já não de si própria. Ou assim Lenia Nachtigal teria pensado, se tais coisas são pensadas e não apenas intuídas por detrás dos pensamentos.

E Lenia Benamor, a outra Lenia? Bom, vejamos o que já vimos: tinha feito uma imediata identificação com essa, desde logo, sua imaginada irmã que fosse uma sua imagem de espelho oposta e complementar ou complementar porque oposta. Fizera também uma transferência para ela da incestuosidade latente na sua conflituosa relação com o pai, por quem se havia sentido controlada, desse modo neutralizando o que poderia ter sido rivalidade numa desculpabilizadora retórica de partilha. E, consequentemente, assumiu uma aceitação afirmativa de si própria até então manifestada em rebeldia. Mas tudo isto é ainda muito abstrato, bem sei, e Lenia Benamor era por temperamento mais atuante do que especulativa.

Durante a viagem do pai ao Brasil foi ela que ultimou a mudança para o pequeno apartamento que o pai alugara numa *cour* escondida no Marais e começou a preparar a amiga para o que decidira que seriam as bodas do regresso. Não lhe dizendo que o seu propósito era esse, naturalmente, pois já tinha percebido que Lenia Nachtigal precisava de disfarces para poder aceitar o que desejasse. Ou seria ela própria que precisava de disfarces. E, como o desejo da amiga seria o seu próprio desejo transposto, não duvidava de qual pudesse ser. O pretexto foi seguir as recomendações dos médicos, encorajando Lenia Nachtigal a fazer exercícios físicos e, para a estimular, fazendo-os ao mesmo tempo. Misturava a ginástica com passos de dança, volteios de *cabaret* em torno de um imaginário varão, exibindo-se em exagerados requebros sexuais, que as faziam rir.

"Ainda te transformo em brasileira de vara!", disse depois da primeira sessão. "Vai lá, e agora *striptease* completo e massagem antes do banho quente."

Lenia Nachtigal não era tímida mas, tendo hesitado por pensar que a amiga estaria a continuar com as suas brincadeiras ao dizer-lhe que se despisse, sentiu-se a ser. A outra insistiu:

"Anda menina. O médico mandou. Tira tudo!"

Obedeceu, o médico tinha de fato recomendado massagens e a amiga prontificara-se a executá-las dizendo que tinha aprendido na escola de dança. Lenia Nachtigal despiu a *T-shirt* e os *trainers*, que ia arrumar sobre uma cadeira, mas a amiga tirou-lhos das mãos e lançou-os para o chão.

"Vai tudo mesmo para lavar, não precisa de tanto cuidado. E a calcinha também. Tira tudo!" Isto enquanto ia e vinha da casa de banho, de onde trouxe uma toalha grande que colocou sobre a cama da amiga no quarto que partilhavam, e um frasco com óleo de bebê Johnson. "Agora deita aí, bundinha linda. Não, primeiro barriga para cima. Deixa eu ver." E tendo olhado com meticulosa atenção: "Você é mesmo linda, mas com esses ossos salientes vai machucar o meu pai. Bom, vai ver ele não se importa. Ou então chega ao negócio pelo outro lado. Mas essa penugem precisa sair. Sei que é dourada e lisinha mas fica demais. Papai pode ser turco mas é turco-brasileiro. Mas sabe o que eu queria mesmo?", acrescentou a rir. "Pintar os teus lábios lá embaixo com o mesmo *bâton* da minha boca. Para ver se o meu pai nos confunde."

"Louca!..."

Lenia Nachtigal também disse isto a rir. A amiga era mesmo louca mas como se fosse uma criança, como todas as crianças são loucas antes de as obrigarem a não ser. Com uma naturalidade anterior à noção de pecado. E assim entregou-se à massagem eficientemente ministrada pelas mãos firmes da amiga, a sentir-se tão inocente como ela.

Consideremos agora como se poderiam ter efetivado (se essa é a palavra correta) os amores de Almir Benamor e de Lenia Nachtigal na ambígua triangulação de que a filha dele e amiga dela havia sido a vontade impulsionadora. Não creio que pudesse haver para eles grande futuro exceto, é claro, nas circunstâncias que permitiram que houvesse mais do que deveria ter havido. Pelo que tenho observado, amores entre uma mulher jovem e um homem velho gradualmente se transformam numa espécie de enfermagem sexualizada que depois fica a ser uma enfermagem sexualmente frustrada.

Conheço alguns casos. Por exemplo, o de uma rapariga que se enamorou de um homem com a mesma idade que o pai dela. Fugiram juntos, ela do pai e ele da mulher e de filhos com a idade da rapariga, casaram-se, tiveram dez anos felizes, ele depois foi ficando surdo, glutão, desmemoriado e sorridente sem ter de quê, e ela agora queixa-se imenso de que o pai está muito melhor do que o marido, ambos com quase noventa anos e ela com pouco mais de cinquenta e olhos tristes. Para ela, do grande e aventuroso amor sobram agora as visitas à clínica geriátrica a que leva o marido todas as quintas-feiras.

No caso de Lenia Nachtigal havia uma diferença importante, é claro. A enfermagem imediatamente necessária seria para ela própria e não para o ainda pré-geriátrico Almir Benamor. E a implícita triangulação psicológica também era diferente, transitava pelo corpo tangível da filha dele e não pelo corpo hipotético do pai que ela nunca tivera, já que o próprio Otto, que teria podido ser seu pai, ou que ela desejaria que tivesse sido, talvez não fosse. O que teria acontecido, no entanto, é que o seu estado de saúde, tornado mais mental do que físico, passou a manifestar-se numa passividade aquiescente da vontade da amiga transposta no corpo paterno que essa amiga lhe proporcionara.

Numa noite, pouco depois do regresso do pai da viagem ao Brasil, Lenia Benamor acordou-a e mandou-a ir ter com ele, no quarto ao lado do que elas partilhavam. Lenia Nachtigal foi, passivamente, sonambularmente, se é que não também, há que reconhecê-lo, voluntariamente.

Imaginemos agora qual teria sido a reação dele, o homem cordato e compadecido que até agora tudo indica que fosse. Mas que também havia sido, porque ninguém é só como é, um homem pactuante com os torturadores do seu próprio pai, como sabemos que foi. E controlador dos pensamentos da filha, quando ela era criança. Aproveitou-se da inesperada — se o era — intrusão? Rejeitou a fantasmática oferta de um corpo carente? Quero crer que nem uma coisa nem outra, mas que teria adotado um curso intermédio de protetora ternura física. Teria deixado que Lenia Nachtigal se deitasse ao seu lado, terá mesmo passado um braço acolhedor por baixo do seu pescoço, a cabeça dela aninhada no seu peito. As necessárias explicações ficariam para depois. Ou foram ficando. E assim teriam passado várias outras noites até que finalmente o corpo dele entrasse no corpo unido dela, como se por acidente, numa sexualidade não premeditada porque mais derivada da ternura do que do desejo. Ou talvez não, não é necessário que assim tivesse acontecido, a latência pode ser mais potente do que a consumação.

E talvez também que Lenia Nachtigal se sentisse sexualmente mais ativada nos partilhados exercícios físicos e nas massagens que a amiga nunca deixava de lhe fazer quando, de manhã, regressava ao quarto onde ficara a aguardá-la. Mas não nos apressemos a rotular de lésbica, ou de qualquer outra patetice redutora desse gênero, a relação entre as duas jovens mulheres. Certamente que nenhuma delas a reconheceria como tal.

Lenia Benamor, já vimos, adotara como a sua maneira de estar no mundo um comportamento frívolo e desinibido, que no entanto não corresponderia inteiramente aos seus desejos mais profundos. Se decepcionara o pai, se fizera tudo para não corresponder às expectativas que julgara que ele tinha depositado nela, teria sido, quero crer, precisamente para o não decepcionar. Para ele não esperar dela o que ela imaginava que ele esperaria. Problemas de filha única e sem mãe, de filha de um pai que também tinha tido de preencher a função de uma inexistente mãe.

Recapitulando. Quando criança, ela e o pai não poderiam ter sido mais próximos. Acreditava mesmo que ele sabia os seus pensamentos e não se importava que assim fosse, desejava que pudesse ser. Mas, para crescer, teve de se distanciar dele. Imaginá-lo morto e ela a rir. Escolheu gostar da música de que ele não gostava ou nem sequer conhecia, não ler os livros que ele recomendava, cultivar companhias que ele desaprovasse para ele poder desaprovar, ser sexualmente tão promíscua quanto acharia que ele quisesse que fosse casta. E depois, para reencontrá-lo como adulta, teve de poder olhá-lo com olhos de adulta. Com os olhos transpostos de outra mulher, da sua nova amiga, a outra Lenia. Olhando-o como achava que Lenia Nachtigal o olharia ou estava olhando. E quando ela própria olhou, gostou do homem que era seu pai. O resto veio por arrastamento. Incluindo, quero crer, a sua abnegada dedicação à amiga que subitamente se tornara tão diferente do que havia sido, ou parecera ser, durante o afinal brevíssimo tempo de partilhadas frivolidades que precedeu a gravidade da doença que a transformou. E que a transformou também a ela num corpo transposto.

Agora, depois dos galhofeiros exercícios físicos e das (e por que não?) erotizantes massagens, devotava várias horas a outras terapias revitalizadoras da amiga em que partilhasse as preferências do pai. Por exemplo, a ler-lhe poemas de livros que ela própria nunca tinha lido, a tocar discos de música que por si só nunca teria ouvido. A ser também assim quem o pai amasse? Tal como quando mandou a amiga para a cama do pai? Perguntas a que eu respondo perguntando se isso não seria também parte de uma terapia que beneficiasse não apenas a amiga mas igualmente, ou talvez ainda mais, o pai que através da amiga redescobriu como um homem tão necessitado de amar quanto ela própria se sentia desamada. Imoral? Sem dúvida. Creio ainda assim que não teria sido moralmente mais edificante mandar a amiga para um asilo e ir ela para a cama com o pai. Mas deixo estas perplexidades para os psicólogos e outros disciplinadores de almas que são pagos para isso.

Almir Benamor, tal como planeara, foi indo cada vez menos vezes ao Brasil, preferindo viver na Europa dos rendimentos ainda assim suficientes para uma vida confortavelmente irreal.

Não sei que relação isto possa ter também com o fato de o Brasil se ter tornado, para ele, desde a morte do pai, num país de culpas ainda por expiar que ele estivesse mitigando a distância. Ou talvez transformando-as ao longo dos anos noutras culpas novas que dessas antigas fossem o aparente reverso compensatório. Enfim, não sei.

Seja como for, creio ser a altura de trazer de novo para a nossa história o entretanto itinerante Otto, que deixara Berlim no ano seguinte à saída de Lenia Nachtigal. E, já agora, por intermédio dele, lembrarmos também o meu futuro amigo Victor Marques da Costa que, casado e descasado, tinha ido servir na delegação portuguesa nas Nações Unidas, em Nova York, depois voltou à Europa, e tem andado por aí até me vir bater à porta com as suas histórias de talvez.

Lenia Nachtigal não tinha escrito a Otto quando adoeceu, possivelmente porque a função dele na sua vida tivesse sido em parte preenchida por Almir Benamor, como é evidente, mas talvez também por relutância em decepcionar as altas expectativas que o seu paternal amigo sempre depositara nela. Escreveu-lhe um ano depois da pneumonia, por insistência de Lenia Benamor, mas Otto já tinha deixado Berlim. A carta foi sendo remetida de um lado para outro, até que finalmente o encontrou em Jerusalém.

"É a minha vocação", escreveu ele na sua atrasadíssima resposta imediata, "morar em cidades divididas por muros."

Iria a Paris logo que pudesse e assim aconteceu alguns meses depois. Antes não pôde ou não teria querido poder. Afinal também para ele o tempo tinha passado, talvez a ausência da sua querida e sempre presente menina se tivesse tornado numa forma de presença ausente.

Quando se encontraram, Lenia Nachtigal estava nervosíssima, Almir Benamor inquieto, Lenia Benamor curiosa. E Otto desagradado, porque quando telefonou para combinar o encontro, Lenia, a sua Lenia, disse que estaria acompanhada pelos amigos que agora tomavam conta dela. Foi a formulação que usou. Mas depois entendeu por quê, e ficou alarmado com o seu estado de saúde. Ela tinha mencionado na carta a pneumonia mas não as consequências. Quando entrou no restaurante da Place des Vosges onde os três já o aguardavam, por um momento não reconheceu a mulher excessivamente magra que lhe acenava de uma mesa ao fundo e depois se levantou para deixar que ele a abraçasse. Foi Almir Benamor quem sucintamente explicou a Otto o que tinha acontecido, respondendo a todas as perguntas sobre causas, efeitos, tratamentos, perspectivas. Com Lenia Nachtigal ao lado, calada como se nada estivesse ouvindo do que estava a ser dito sobre si, hirta, de olhos vidrados.

Foi de novo Almir Benamor que, depois do difícil silêncio que se seguiu, encontrou outro assunto que pudessem partilhar. Recorreu à sua habitual defesa, enveredou por acontecimentos políticos, embora tivesse achado que, estando Otto a viver em Jerusalém, poderia ser terreno perigoso. Mas antes uma querela, que aliás saberia evitar, do que aquele silêncio de túmulo. Ou talvez até desejasse uma transposta confrontação com aquele homem que tinha sido tão importante na vida da mulher que agora dependia dele, de cuja dependência ele passara a depender.

"Lenia me disse que o senhor está morando em Jerusalém", começou cerimoniosamente. "Parece que é uma bela cidade, espero que continue sendo. Nunca fui lá. E agora duvido que possa ir, não me dariam um visto, presumo que sou *persona non grata* em Israel. Por causa da Palestina. Por apoiar os direitos da Palestina." Ou seja, cartas na mesa.

Mas Otto respondeu sem hesitar:

"Também eu. Também eu apoio os direitos da Palestina. E os de Israel. Escolhi ir para Jerusalém por esse motivo. O que está a acontecer é terrível. Mas é dentro de Israel que a questão se poderá resolver. Há muitos israelitas que pensam como eu." E antes que Almir Benamor pudesse responder: "Também é engraçado que o senhor tenha escolhido o bairro mais judeu de Paris para propagar a causa árabe! Como vê, não é muito diferente."

Isto dito com o arquear de sobrancelhas em olhos de palhaço triste que Lenia Nacthtigal teria podido reconhecer como o seu modo de indicar ironia. Mas pareceu ficar receosa, pôs as mãos sobre os braços dos dois homens:

"Sejam amigos. Por mim. Para os dois poderem ser meus amigos."

Lenia Benamor percebeu e quis logo ajudar:

"Papai diz sempre que somos todos a mesma gente. Que a causa é comum. E que é preciso não confundir oposição à política de Israel com antissemitismo. Ele nem é muito religioso. Não é verdade, papai?"

Só então Otto pareceu notar a sua presença:

"Você também é cantora?"

"O também está a mais...", murmurou Lenia Nachtigal.

"Não, muito pior, fui aspirante a bailarina. Andei na Academia, no Rio, mas só dancei em *cabaret* de putas em Paris."

A brutalidade servira o seu bom propósito de neutralizar a tensa melancolia que a amiga tinha causado nos dois homens. Otto riu, Almir Benamor fez por sorrir buscando no seu pressuposto rival uma cumplicidade complacente em relação à filha.

A conversa entre eles continuou ao longo da tarde, no apartamento. Pareciam dois lutadores a posicionar-se, mas já não um contra o outro, antes a quererem perceber possíveis convergências que pudessem levar a desejáveis complementaridades. Rapidamente estabeleceram que de fato nenhum deles tinha convicções religiosas dignas de nota. Otto, meio judeu de tradição laica, na verdade nenhumas; Almir Benamor, filho de maometanos crentes, só como uma expressão abstrata de respeito pela religião dos pais.

Cobriram os tópicos previsíveis: terrorismos e contraterrorismos, nacionalismos e fundamentalismos, legitimidades, bombistas suicidas, apoios externos, e assim por diante, concordando mais na análise dos problemas do que divergiam nas possíveis soluções.

E voltaram ao tópico inicial: Otto não duvidava que apoiar financeiramente a Palestina era importante, as pessoas precisavam de comer, era importante haver escolas e hospitais, mas não era menos importante apoiar os israelitas que pretendiam mudar a política dentro do seu país, desse modo tornando também possível uma imprescindível mudança de atitude por parte dos Estados Unidos, mostrando que a viabilidade de Israel dependia da viabilidade da Palestina. E assim por diante concordando finalmente que as duas perspectivas eram, de fato, complementares. Mas eu agora também deixo essas e outras políticas para quem julgue que as pode entender.

O que para já importa referir é que foi nesse contexto que Otto mencionou a presença de Victor Marques da Costa em Nova York, na ONU. Não era que pudesse ter alguma influência direta, claro que não tinha porque Portugal pouca teria. Mas, por isso mesmo, ele podia ser um observador razoavelmente objetivo, poderia ajudar a prever eventuais ações dos governos relevantes, sobretudo do governo americano, permitindo que algumas delas fossem neutralizadas e outras mais bem veiculadas, conforme o caso. O rapaz não era tonto e parecia ter-se tornado num diplomata competente, depois das perplexidades de Berlim. Do gênero sem convicções próprias, que são os melhores. Tinha mantido contato com ele durante algum tempo e tinha alguns amigos que o iam mantendo informado dos seus movimentos. Voltou-se para Lenia Nachtigal:

"E tu, *meine Liebchen*? Ele perguntava sempre por ti, quando escrevia. Nunca recuperou de o teres deixado. De nos teres deixado. Se calhar refugiou-se nos mapas dos países que não existem. Lembras-te dos mapas do nosso Victor? Ou então sempre morou neles. E se calhar todos nós."

"Os mapas agora são só o que existe", disse ela. "Eu agora sou a que não existe." Lenia Nachtigal a exalar melancolia.

Voltaram a encontrar-se, sempre em visitas rápidas de Otto a Paris, ao longo dos anos seguintes. Mas a antiga magia estava quebrada. Os intervalos foram sendo cada vez maiores. Até que Otto voltou pela última vez, claramente para se despedir. Tinha um cancro incurável, disse a Almir Benamor, não viveria mais do que seis meses, mas não queria que a sua menina soubesse.

Deixou com Almir Benamor alguns nomes de possíveis contatos em Israel e falou de novo na possibilidade de Victor Marques da Costa ser de alguma utilidade. Estava agora na

Europa, talvez pudesse haver ocasião de conhecê-lo, bastava dizer que ia da parte do velho Otto.

Mas era sobretudo de Lenia Nachtigal que queria falar com o seu atual e ambíguo protetor. Sugeriu que fossem dar um passeio só os dois, sem as duas Lenias. Por exemplo, nunca tinha ido ao Museu d'Orsay, ainda não existia nos seus antigos tempos de Paris, quando passava em trânsito rápido entre Portugal e a Alemanha.

Almir Benamor conhecia bem a coleção, teria gosto em servir de guia.

Detiveram-se na *Origem do Mundo* de Courbet.

"Foi pintado de encomenda, você sabia? Encomenda de um embaixador otomano. De um turco, portanto. Vai ver que um devoto muçulmano. E o último proprietário foi o Lacan. Esse mesmo, a teoria do espelho, Jacques Lacan, o filósofo e psicanalista que usava terapias de choque. Dá para entender, não é? E que depois deixou o quadro ao Estado como pagamento de impostos de sucessão."

"E qual é a moral da história?", ironizou Otto.

"Tem de haver alguma?"

"Talvez os direitos de sucessão..." Otto observou melhor o quadro. "É estranho." Tinha visto reproduções. Imaginava que fosse um quadro muito maior. Do tamanho do mundo. "Por que é que esta vagina, tão realisticamente retratada, não é obscena?"

"Já foi considerada obscena", disse Almir Benamor. "Literalmente. Fora de cena. O diplomata turco tinha o quadro tapado por uma cortina."

"Propriedade ou posse?"

"Como assim?"

"O Courbet era amigo do Proudhon. O da Comuna. O que dizia que a propriedade é o roubo e que a posse é um direito."

"Ah, entendo. O diplomata turco. Propriedade quando encomendou o quadro e posse quando o tapou?"

"Mas a diferença dependeria mais do olhar do dono do que da imagem no quadro, não é? E se o quadro, em vez de estar aqui num respeitável museu, estivesse reproduzido numa revista pornográfica? Seria mais ou menos obsceno?"

"Seria só uma questão de palavras, creio. Das palavras que determinam a percepção."

"Você está a falar da palavra obsceno ou da obscenidade do quadro?"

"Nem de uma coisa nem da outra. Estou falando do título. Do rótulo. Das palavras que designam a imagem. Da conceitualização da imagem. *Origem do Mundo* é um conceito metafísico, não é uma imagem. Numa revista pornográfica o conceito seria pornográfico embora a imagem fosse a mesma. E num tratado de medicina não seria nem metafísico nem pornográfico, seria apenas anatômico. Tudo depende do nome que se dá às coisas. Do modo como se interpretam as coisas. Do contexto, portanto. O nome fica sendo a coisa."

Otto percebeu que Almir Benamor estaria também, ou sobretudo, a falar da sua relação com Lenia Nachtigal e do modo como julgaria que ele a tivesse interpretado. Mas deixou a conversa que inevitavelmente teriam de ter sobre ela para mais tarde, quando se sentaram na esplanada envidraçada do café Aux Deux Magots. Otto insistira que fossem lá, sabia perfeitamente que já não era o que tinha sido mas ele também já não era, e portanto seria uma visita ao passado. Foram de táxi, Otto estava fraco demais para ir a pé. Em todo o caso, ironizou, nunca se pode voltar a pé ao passado. Ainda assim, tal como se lembrava, ainda havia nas mesas os magníficos *croissants* e os imastigáveis ovos cozidos para turistas cumpridores.

"Tenho mais saudades dela quando estou com ela", disse Otto, ambos sabendo qual era a ela a quem se referia.

"E suponho que ela o tempo todo tem saudades de si própria", foi a resposta de Almir Benamor. "Ou talvez não. Talvez já não tenha."

"Isso seria o pior. Isso você não deixe."

"Não sei o que é melhor ou pior, meu caro amigo. Cheguei tarde demais para poder saber. Não sei que outra está escondida dentro dela. Às vezes tenho medo de quem possa ser. Creio que ela já não é a pessoa que você conheceu. A cantora. A que teria sido cantora. Receio que ela agora seja outra, a que matou a cantora. Às vezes penso que é melhor que permaneça sempre assim, nesta latência. Ao menos assim posso continuar a protegê-la." E receando que Otto o desentendesse: "Não por mim, acredite. Não porque certamente perderia o seu afeto, a sua..."

"Gratidão?"

"Não, não sei se é gratidão."

"Submissão?"

"Submissão de quem a quem? Dependência, sem dúvida. Mas não sei se ela de mim ou se eu dela. Os meus sentimentos por ela não são inteiramente puros, sei isso perfeitamente. Mesmo assim convém lembrar que ela não é minha filha."

"Sim, claro, e que você tem uma filha que não é ela."

"Que se tornou mais minha filha por causa dela. Como se uma sem a outra estivesse incompleta. Mas o meu medo é da desconhecida que pode estar esperando dentro dela."

"A você? Esperando por você?"

"Não era em mim que estava pensando."

Otto ponderou um momento. Depois tentou formular as dúvidas que, porventura, desde o início o teriam deixado perplexo sobre as motivações de Almir Benamor.

"Você nunca conheceu a Lenia Nachtigal que ela era antes. A sua força interior. A disciplina. O talento. A minha Lenia. Esta que você ama não é outra, é o esvaziamento de quem essa foi. Quem é que você está a procurar dentro dela se nunca a conheceu?"

"Tem razão. Não sei."

"A si próprio? Está enamorado da sua própria caridade?"

"Não, não é caridade. É tudo menos caridade. Se há caridade vem dela para mim. Por permitir que eu tome conta dela. Por se deixar ser amada. Mas não sei, você tem razão, talvez nem seja amor. Ou talvez seja amor por ela me permitir que eu imagine que é amor. Eu, agora, ficando velho, a aproximar-me do fim da vida."

"Você lê os clássicos?"

"Como é que disse?"

"Os antigos, os gregos, os clássicos. A mitologia. Ajuda sempre a entender o que não se entende."

"Por exemplo?"

"Por exemplo: você acha que pode haver uma Perséfone sem haver Primavera?"

"Perséfone morando num eterno Hades? Numa eterna latência? Mas não, não creio que a ameaça de Lenia seja essa. Gradualmente ela vai melhorar. Está melhorando um pouco. Pelo menos já come alguma coisa. Já não finge só que come. A ameaça que por vezes sinto nela é outra. Sinto que vem dela mas que é de uma outra. Já lhe disse há pouco, não sei como explicar melhor. Tenho medo da desconhecida que parece estar esperando dentro dela. E não creio que essa seja a Lenia adormecida. Não é a cantora que ocultou a voz durante o Inverno. Essa outra é a que não quer a Primavera que poderia ser recuperada por Perséfone. A que não é a cantora que a Lenia teria podido ser... que ainda poderá ser de novo."

"Que poderá ainda ser com Plutão permitindo e ajudando?"

"Ouve, Otto, eu sei que a relação que me une à Lenia, que ela aceita..."

"Não estou a fazer julgamentos morais. Não é o meu gênero."

"Mas acredite, meu caro Otto, eu não sou Plutão. Nem sou o turco que colocou uma cortina sobre a origem do mundo. Essa oculta desconhecida foi quem destruiu e continua destruindo a cantora. Essa outra é uma mulher fria, cruel, calculista, incapaz de amar. É dessa que tenho medo. Mais pela Lenia do que por mim."

"Você sabe que a mãe da Lenia foi da Stasi, não sabe? É por isso que diz isso?"

"Sim, sei, mas nem tinha pensado em qualquer relação entre uma coisa e a outra. Nem creio que possa haver. Ela sempre rejeitou a mãe. Você não acha que está sendo um pouco... não sei qual o termo correto... demasiadamente biológico? Eu estava nas metáforas, você foi para a hereditariedade. É como se tivéssemos trocado as nossas posições iniciais. Você agora é que sugere que pode haver uma outra dentro dela."

"Portanto ela falou-lhe da mãe. Mas contou-lhe o que a mãe fazia? Aos prisioneiros. As torturas a que ia assistir. Em que gostava de participar. No entanto a mim ajudou-me. Protegeu-me."

"E você em troca protegeu a filha. Protegeu-a da mãe ao mesmo tempo que ajudou a mãe. Isso eu já sabia. Já tinha entendido. E julgo que nas circunstâncias é normal."

"Não apenas. Além do mais não ajudei a mãe. Vinguei-me da mãe. Neutralizei-a. E além disso nada naquelas circunstâncias podia ser normal."

"Você sabe que no Brasil da ditadura...", começou Almir Benamor, talvez a querer dizer da sua culpabilidade em relação ao pai, de ter pactuado, como achava que tinha, com aqueles que o tinham torturado e assassinado. Mas teria achado melhor não prosseguir possíveis analogias ou complementaridades, fez um gesto de adiamento ou de desistência, a deixar Otto continuar:

"Não protegi a Lenia apenas da mãe. Penso que também dela própria. Talvez dessa desconhecida dentro dela de que você falou... Você talvez tenha dito mais do que pode saber. Você agora assustou-me. Com isso da outra dentro dela. É melhor que seja apenas esvaziamento. A Lenia, agora, ainda ontem, com aquele olhar fixo que agora tem às vezes... Já tinha notado mas não quis notar... A Lenia de repente ficou parecida com a mãe. Sim, afinal estou a concordar consigo."

"Não precisa não!"

"Mas a concordar para dizer o oposto."

"Eu estava só falando metaforicamente, já lhe disse, claro que não há outra nenhuma dentro da Lenia. Houve o trauma psicológico, há a dor de ela já não ser quem foi, quem teria podido ser. Essa é que é a outra de que eu estava falando. Da dor que se instalou dentro dela. E a mãe dela apesar de tudo foi sua amante, Otto, convenhamos. Não pode ter sido totalmente má pessoa. Nem tudo nela terá sido negativo."

"Amante é uma palavra derivada de amar. E não, não foi por amor que a Frau Nachtigal me escolheu. Aconteceu quando eu tinha sido preso. Eu tinha ido para a RDA para não ser preso em Portugal e depois fui preso na RDA. Por causas aparentemente opostas mas de iguais efeitos. Foi por eu ter sido preso. Por eu estar preso. Ela veio ver-me, inspeccionou-me, escolheu-me, usou-me. Ou seja, protegeu-me. E eu deixei. Não é desculpa nem justificação, mas há várias formas de exercer poder. Uma das piores é degradar quem se protege. É a mais obscena de todas. Criar dependência. Causar gratidão pode ser uma forma de tortura. Às vezes mais eficiente do que as outras. A mais destrutiva. Você tem razão, não queira a gratidão da Lenia."

"Que no entanto lhe está grata a você. Tão grata que desejaria ser sua filha. Que disse que pode ser sua filha."

"Ela disse-lhe isso?"

"Dizendo também que se fosse sua filha não teria podido ser. Ou qualquer coisa assim. Não entendi muito bem o que queria dizer. Mas você não sabe mesmo, ou preferiu não saber? Se ela é sua filha?"

"Quis não saber, meu caro. E ela felizmente entendeu. Havia leis que ela entendia. Ao menos isso. Eu quis não saber para ela também não querer saber. Era a cortina necessária à frente do quadro. Como no quadro do Courbet, antes de a cortina deixar de ser necessária. Antes da *Origem do Mundo* poder ser colocada à vista de todos num museu. A Lenia nesse tempo entendia muitas coisas. Foi para ela não ficar a desprezar-me por contágio com a obscenidade da mãe. Para ela poder não precisar de me punir. De modo que você agora tenha cuidado. Porque ela agora precisa de ti. Eu já nem de mim preciso. Agora vou a museus ver a origem do mundo e venho ao fantasmático Deux Magots com os turistas."

Otto regressou a Jerusalém depois de uma breve visita a Portugal para, como disse à despedida, levar consigo a memória dos lugares da sua juventude. A sua última comunicação veio de Lisboa. Não ia endereçada a Lenia Nachtigal mas, transpostamente também para ela, a Almir Benamor. A dizer que tinha revisitado "Lisboa e Tejo e tudo", isto escrito sem aspas numa referência que Almir Benamor teria detectado e que Lenia Nachtigal, pelo menos noutros tempos, certamente teria reconhecido. E depois de algumas frases de circunstância — agradecimentos, bons votos, promessa de notícias de Jerusalém que todos eles ficaram a saber que não daria, abraços — a mensagem terminava com umas palavras acrescentadas verticalmente na margem do texto:

"Tempo de fantasmas." Citando Alexandre O'Neill?

O postal era uma fotografia turística de casas de várias cores descendo em socalco para o rio Tejo.

Almir Benamor leu a despedida de Otto às duas Lenias. Lenia Nachtigal permaneceu silenciosa. Lenia Benamor disse depois de olhar a fotografia:

"Agora chegou a minha vez."

7
REPETIÇÕES

Chegou a sua vez de quê? Não é muito claro o que Lenia Benamor teria querido dizer. E portanto menos ainda por que razão o teria dito. A dizê-lo em reação àquele postal de despedida de Otto. Do intemporal Otto que tão importante tinha sido para a sua amiga. Sim, de acordo, tinha sido. Mas agora chegou a vez dela de quê e para quê? As funções de Otto e dela própria na vida de Lenia Nachtigal eram, tinham sido, tão diferentes que não havia substituição possível. No máximo, complementaridade.

Ou então é possível que Lenia Benamor estivesse simplesmente a referir-se à fotografia do postal, às casas de várias cores descendo para o Tejo. A querer dizer que era a sua vez de revisitar Lisboa, depois da *Lisbon Revisited* pelo Otto. Mas, nesse caso, estaria a manifestar uma notável familiaridade com os poetas que passara a ler à amiga, os poetas que sabia que ela amava ou tinha amado além, é claro, dos alemães que também houvesse. Como não sabia alemão, concentrara-se nos portugueses, foi descobrindo quais eram e acrescentou-lhes alguns brasileiros por escolhas próprias que foi fazendo de entre os livros do pai. De Camões ou de Pessoa ou de Cesário a Drummond, Bandeira e João Cabral o trânsito foi fácil, sem pedras no caminho. Mas nesse caso, ao dizer que era a sua vez de revisitar Lisboa no lugar de Otto, em implícita referência a um poema onde um inexistente autor revisita a cidade onde o autor propriamente dito estava a morar, revelaria complexidades intelectuais e sutilezas psicológicas até agora insuspeitadas por quem a tivesse visto só como reflexo da Lenia falsa irmã e em função do pai quase amante. Mas deixemo-la por enquanto ficar assim.

O pai, pelo menos nos atos, não desistira de recuperar em Lenia Nachtigal a cantora que nunca tinha ouvido cantar. E digo nos atos porque, nos pensamentos, talvez soubesse que a Lenia Nachtigal recuperada seria por ele perdida. Creio que foi isso que sugeriu na sua última conversa com Otto. Fosse ou não, informou-se e decidiu que em Londres haveria melhores possibilidades do que em Paris. Contatou a Royal Opera House, onde têm um setor pioneiro para o desenvolvimento de jovens cantores. Responderam que talvez pudessem ajudar, embora Lenia Nachtigal já não fosse assim tão jovem. Em todo o caso só mais tarde e só na recuperação da parte técnica, depois de resolvidos os problemas clínicos. Para estes recomendaram um terapeuta especializado em traumatismos psicológicos de voz na Tavistock Clinic. No grande prédio cinzento que está situado na frondosa zona sul de Hampstead, propiciadoramente a meio caminho entre o Freud Museum e a Central School of Speech and Drama e o Hampstead Theatre. A meio caminho entre a psicologia e a expressão dramática, portanto.

E ainda para mais com uma igreja católica de permeio, a igreja de St. Thomas More, para quem prefira a religião à utopia. A fazer concorrência aos divãs recostados com a penumbra dos confessionários. Aqui há tempos, quando eu estava a passar com os sacos do supermercado, ouvi uma voz chamar-me, com o título acadêmico de *professor* e tudo. Era um padre de batina à porta da igreja. A identificar-se como ex-aluno. A perguntar se não me lembrava. O irlandês. Por aí não cheguei lá, tive vários alunos irlandeses. O do curso sobre Eça de Queirós. Também não, dei muitos cursos sobre o Eça. Tomou coragem e foi mais específico: o do manto da Virgem Maria. Então lembrei-me: era o da cena do Padre Amaro a colocar sobre a Amélia o manto da Virgem como incentivo sexual. O aluno a tropeçar porta fora, a esperar-me à saída ainda afogueado de horror no fim da aula. A balbuciar "antes fizesse isso à minha mãe, antes fosse a minha mãe". E agora, muitos anos depois, a acrescentar à frente da igreja: "Não sei se me entende, professor, nós envelhecemos, as mães morrem, a Virgem permanece sempre igual." De modo que lhe perguntei à despedida se ainda falava português, mencionei o guarda do museu, o cão lusófono e o testamento filial da fidelíssima Anna Freud.

Bom. Quando os Benamores e a Lenia Nachtigal vieram para Londres instalaram-se num apartamento quase em frente do Museu Freud. Maior que o de Paris, numa mansão do início do século passado, convertida em andares autônomos depois da Segunda Grande Guerra. Dois quartos de dormir, pequeno escritório e sala suficientemente ampla para instalar um piano vertical. Que porventura teria servido de consultório ao anterior inquilino, já que ali moram sobretudo psiquiatras. O piano foi sugestão de Lenia Benamor, a pretexto de que tinha dedilhado algumas notas quando pequena. Pensou que a amiga talvez se animasse ensinando-a a tocar, desse modo terapeuticamente revertendo as funções de mentora e de discípula que as circunstâncias haviam determinado. E não é impossível que Almir Benamor trouxesse o motorista francês que tinha em Paris por recear guiar em Londres do lado esquerdo.

Vieram e instalaram-se.

O que também significa que estamos a aproximarmo-nos, no tempo e no espaço, da noite em que Victor Marques da Costa apareceu no meu apartamento com aquela história inverosímil, mesmo no que seja fatual, que eu agora estou a querer tornar mais verosímil porque totalmente fictícia. Em todo o caso é provável que Almir Benamor e as duas Lenias tenham conhecido o cão meu compatriota do Museu Freud. E se calhar até nos cruzamos algumas vezes, há uma rampa à esquina da rua deles, a Maresfield Gardens, que uso habitualmente quando vou às compras ao supermercado.

Estou a repetir-me? *Bis repetita placent*, dizia um meu velho professor que gostava de citar no original em vinte línguas. Agradem ou não, eu limito-me a prosseguir as interconexões entre a literatura e a vida que me foram sugeridas pelo Victor Marques da Costa. O que aliás, pensando melhor, significa que não há repetição coisa nenhuma porque as repetições se manifestam sempre nas diferenças. Ou as diferenças nas repetições, o que também não é a mesma coisa. E portanto nunca nada é a mesma coisa. E portanto também *pace* Victor Marques da Costa que veio oferecer-se para personagem de um livro parecido com outros que escrevi e agora se encontra num diferente.

Mesmo assim, em obediência à lógica desta diferente narrativa, ou para que nela haja alguma lógica, seria conveniente que Lenia Benamor tenha tido pelo menos um encontro com o Victor Marques da Costa. Poderia perfeitamente ser em Lisboa, se ela lá fosse e ele lá estivesse. Ele a se beneficiar das circunstâncias dos outros, como me disse que lhe tinha acontecido toda a vida. E portanto, desde o 11 de Setembro, a prosseguir a sua carreira diplomática às cavalitas dos terrorismos e contraterrorismos dos outros. O que também, com alguma utilidade, permitiria eventuais articulações com as caridades palestinianas de Almir Benamor e com as inquietações israelitas de Otto. Tudo a ligar-se a tudo, exceto por enquanto à Lenia Nachtigal, que ainda continua em tratamento psicológico na Tavistock Clinic ao fundo da minha rua.

Onde a boa notícia, ao fim de algum tempo, foi que ela voltou a conseguir cantar. A parte psicossomática do problema parecia resolvida. Mas, da parte fisiológica, a má notícia foi que não suficientemente para voltar a ser cantora profissional. O sangramento que ocorrera nas cordas vocais resultara em cicatrizes e, depois de tanto tempo sem cantar, as cicatrizes tinham-nas endurecido irreversivelmente. A sua reação imediata foi deixar de ouvir música, mesmo em casa. Nunca mais foi à ópera. Mas ia ocasionalmente ao teatro e ouvia os poemas que Lenia Benamor lhe lia. Palavras sem música.

A anorexia voltou e acentuou-se. Definitivamente sem voz prestável, sentia o seu corpo obstruído por um excesso de carne morta e de órgãos inúteis. Não queria matar-se, que ainda assim seria um ato de vontade, mas apenas deixar-se desaparecer em si própria por falta de vontade de viver. Ninguém notaria, se fosse lentamente. Nem sequer a Lenia, a outra Lenia que, mesmo se injustamente, ela achava agora que desde sempre só se tinha visto a si própria mesmo quando olhava para ela. Ou que talvez se tivesse também metamorfoseado num reflexo esvaziado do seu corpo morto em vida, como o de um animal em hibernação.

Os seios, que haviam sido fortes e firmes nos tempos de jovem cantora em Berlim, foram ficando reduzidos, tornaram-se frágeis, tremulamente suspensos, com agressivos mamilos salientes e aréolas de um vermelho sanguíneo que parecia mais escuro pelo contraste com a brancura da pele tatuada de azul por veias engrossadas. Quase não menstruava, só havia uma suspeita de sangue que se anunciava mensalmente e desaparecia no mesmo dia, como se em expectativa pré-pubescente da vagina fechada em lábios distendidos. Os músculos do ventre e do dorso ficaram suavemente amolecidos no que neles de carne ainda persistia sobre os ossos salientes. As omoplatas alongadas eram plataformas para o lançamento de asas que dali nascessem antes dos braços. E agora só esperava que os braços e as pernas se sombreassem num macio esverdeado de veludo fino, como sabia que iria acontecer antes de morrer. No entanto, aos trinta e tal anos, permanecia muito bela, numa transluzente combinação hierática de menina precoce e de anjo da morte. Continuava a usar o cabelo longo, ou então como um novelo vermelho-escuro sobre os tendões da nuca. Os olhos verdes tinham ficado maiores e mais fundos no rosto emagrecido. A boca mais saliente, com lábios e dentes emblemáticos de carnificinas autofágicas.

Mas também, paradoxalmente, nalguns dias sentia uma violenta energia emanando da sua incorporalidade transluzente de vitral. Como os tísicos à hora da morte, teria pensado, como a Traviata na cena final da ópera. Mas era uma morte prolongada como vida. Dava grandes passeios a pé pelas avenidas arborizadas de Hampstead sem nunca se sentir cansada, subia até ao bosque, perdia-se entre a vegetação cerrada como se para perder-se de si própria até onde não houvesse casas visíveis com vidas humanas a serem vividas, só vestígios de corpos depredados entre as raízes das árvores, fragmentos de peles de roedores e de penas de aves, talvez com secretas raposas a espreitá-la à distância, a medir forças com ela, e ela cansada de não se conseguir cansar na febre que a tornava numa outra de si própria, uma emanação dúctil levitando sobre o seu corpo material.

A transubstancial Lenia Nachtigal continuava, no entanto, a deitar-se com Almir Benamor todas as noites. Sempre às escuras. Eros e Psique? Psique duvidou de que o belo Eros, que não via na escuridão, pudesse ser quem sentia junto de si. Uma noite acendeu uma vela para verificar se era ele e, porque ela o quis ver, ele desapareceu. Bom, pode ser. Os mitos dão sempre jeito, já lá dizia o velho Otto. Exceto que se Lenia Nachtigal acendesse a luz veria ao lado um corpo envelhecido, com músculos frouxos, ventre engrossado e peles enrugadas nos braços e nas pernas. Mas ela mantinha ainda uma noção do dever. Afinal havia sido treinada a cumprir as suas obrigações, a respeitar a lei, nem que fosse só em faz de conta. Acharia portanto dever estar grata a Almir Benamor e aceitar as condições implícitas na caridade dele. Embora também não, mas isso fazia parte de se sentir violada pela vida ao mesmo tempo que intocada pela vida. É possível, no entanto, que só tenha percebido que também não, que nada havia que tivesse o dever de aceitar por nada haver de que devesse sentir-se grata, quando definitivamente perdeu toda a esperança que já não tinha de alguma vez poder recuperar a sua perdida identidade. A esperança que já não tivesse ter-se-ia assim tornado no desespero que, ao longo de todos aqueles anos, Almir Benamor impedira que sentisse. Mas nisso ele também usurpando a sua identidade, era o que sentia agora.

Porque sentia agora que Almir Benamor havia sempre querido que ela vivesse como uma latência nele e não em si própria. Boazinha, domesticada, como uma coisa dele. Ela a fazer-lhe todas as vontades, nunca o contrariando, nada exigindo, tudo aceitando, grata e submissa. A permitir, pior, a solicitar que ele exercesse nela a sua sempre disfarçada autoridade a que ela, como qualquer criatura inexistente, se devia moldar. Ela a servir apenas para o entreter enquanto ele ia envelhecendo. Envelhecendo mas não melhorando como um daqueles vinhos que ele sabia escolher nos melhores restaurantes. E ela sendo só como uma fantasia de fancaria para enganar o tempo, para enganar a morte. Mas ele sempre sem se intoxicar. Sempre em controle. E ela? Ela o quê? Mas ela precisaria de mais? Para quê? Afinal ele não lhe tinha dado tudo? Não lhe tinha dado até a sua própria filha? A filha cujos pensamentos controlara até ter deixado de poder controlá-la. Não as tinha trocado? Não controlava agora as duas como se uma só fossem? Não era suficiente tê-la tornado na sua boneca preferida nas noites em que não tinha nada mais para fazer? Para ele dormir melhor depois de ter usado o seu corpo adormecido, nem sequer notando as lágrimas com que ela adormecia horas depois. Ele procedendo sempre com a melhor das intenções, é claro, o que era o pior. A ser o homem bom e generoso que sempre teria achado ser, até na rotina partilhada de uma sexualidade sonambular de sonhos paralelos em corpos desfasados.

Pela conversa de Almir Benamor com Otto já se percebeu que ele era um homem em conflito consigo próprio. E que talvez sempre tivesse sido. Por exemplo, quando andou pelo Maio de 68 a protestar contra os privilégios de que ele próprio era um beneficiário. Ou quando permitiu que a mulher que tinha amado ficasse obliterada como uma mãe inexistente de uma filha que ele pudesse possuir. E depois tinha pactuado com os torturadores do pai. O pai cuja religião havia abandonado. E depois aceitou que a filha que teria desejado ser sua amante lhe trouxesse uma amante que ela própria fosse num corpo transposto. Aceitou que tudo isso assim fosse ou passivamente desejou que tivesse sido, e agora seria tarde demais para saber o que de outro modo poderia ter sido. Sabia apenas que estava velho e triste e só.

A Lenia, as duas Lenias, aos trinta e muitos ou quarenta e poucos anos, tinham mantido uma extraordinária juventude. A filha com a aparência de uma moça a aproximar-se da idade adulta, a Lenia Nachtigal de criança precoce. Ou de adulta infantil, o que vinha a dar no mesmo. A forma corporal de um tempo em suspensão. Almir Benamor a sentir-se o único dos três que tinha envelhecido. A sentir que o que poderia ter sido um revivificante, mesmo se precário, encontro transitório de um homem mais velho com uma mulher mais jovem, se tornara num modo permanente de ser velho num exílio de si próprio.

Um exílio também manifestado no exílio do seu país, das suas origens, das suas tradições. Agora ia ao Brasil em viagens cada vez mais rápidas, apenas para garantir que os lucros do negócio continuassem a permitir não ter de lá viver e assim poder manter a sua presença, entre culpabilizadamente altruísta e punitivamente egoísta, junto das suas duas Lenias. A precariedade do exílio ficara instituída como norma de vida, do mesmo modo que a sua relação com Lenia Nachtigal deixara de ser precária para que Lenia Nachtigal pudesse continuar a ser precária de modo permanente. Como num casamento à moda antiga, em suma, com a carência feminina assegurada pela norma masculina.

Almir Benamor não saberia como, mas sabia que a transformação do Brasil de um país perenemente do futuro num país com um presente vivo e atuante o tinha afetado profundamente. Voltara confuso e perturbado da última visita que lá fizera. Falara nisso às duas Lenias, do novo Brasil que admirara mas que não conseguira reconhecer. Os negócios de importações e exportações continuavam a prosperar, o problema não era esse, e o sócio que passara a controlar a firma continuava a transferir para a sua conta mais do que o suficiente para permanecer em exílio dourado na Europa. O problema não era financeiro, nem sequer político, pelo contrário tudo isso era positivo, o problema era ter deixado de poder identificar-se com o país de que se havia exilado. O Brasil não tinha permanecido o país de que se ausentara. As justificações que pudesse ter havido para não viver no seu país tinham deixado de existir ou, pelo menos, estavam a deixar de existir. O país mudara mas ele não. Mesmo a sua culpabilidade pelo que sentira ter sido a sua traição ao pai no tempo da ditadura deixara de ser uma realidade objetivamente reconhecível, tornara-se numa fantasmagoria sem partilha.

Teria por isso decidido ir mais fundo ao seu passado ancestral, mais longe dentro de si. Já estavam instalados em Londres quando anunciou às duas Lenias que iria, finalmente, visitar a Palestina. Onde porventura pudesse recuperar as suas neutralizadas raízes islâmicas, presumo. Era uma dívida que tinha em relação a Otto, declarou no entanto como se a justificar-se. Almir Benamor dizia sempre que transpunha os sentimentos pessoais para os acontecimentos públicos, que era a sua defesa, o seu modo de se proteger. Mas creio que a transformação da sua distante filantropia no conhecimento direto da obscena fisicalidade da miséria sem esperança de um povo sem futuro previsível pode ter tido o efeito oposto. A fazê-lo recuar não tanto para dentro de si quanto ao encontro de uma imagem ancestral que já não coubesse dentro dele. Teria encontrado naquela Palestina povoada de gente como ele próprio poderia ter sido o fantasma acusador do pai que achava ter atraiçoado. Mas, ainda assim, talvez mais uma vez julgando ter encontrado na linguagem dos acontecimentos públicos uma equivalência para as suas frustrações ou ressentimentos pessoais de benemérito mal-amado que igualmente se sentisse um carente mau amador. Tinha ido à Palestina como um homem perplexo, voltou de lá como um velho temente a Deus. Em suma, trouxe consigo a religião dos seus antepassados.

As duas Lenias tinham-no encorajado a ir mas não souberam o que fazer dele quando regressou. As motivações das duas teriam sido diferentes mas, como sempre desde que se conheceram, haviam-se tornado complementares. As de Lenia Benamor teriam tido mais a ver com Lenia Nachtigal do que com o pai, seriam ainda parte da triangulação de afetos que os reunira. Teria notado que a amiga, talvez para querer sentir-se a servir para alguma coisa no mundo dos vivos, em dias menos sonambulares achara dever mostrar algum desejo de colaborar com Almir Benamor nas suas caridades públicas. E para a revivificada Lenia Nachtigal teria sido um modo de transformar potencialidade em ato, qualquer que fosse a causa, boa ou má, ao encorajá-lo a procurar uma Palestina real no lugar do Brasil imaginário que para ele se tornara no seu país agora desconhecido. Almir Benamor teria portanto decidido ir a essa Palestina que ainda mais desconhecia não só pelas razões públicas que o justificassem mas também para corresponder à vontade da filha, cujas motivações profundas no entanto não teria reconhecido, e ao que entendera ter sido a vontade de Lenia Nachtigal, qualquer que fosse essa vontade, desde que fosse dela.

A morte de Otto tinha deixado em Lenia Nachtigal um sentimento de suspensa irrealidade e criara em Lenia Benamor um novo sentimento de responsabilidade. Desde que Lenia Nachtigal entrara na sua vida, ou melhor, desde que complementara a sua vida com a vida da amiga, ou substituíra uma pela outra, era como se tudo o que lhe acontecia não fosse a si que estivesse a acontecer. O que seria também uma forma de impunidade, teria pensado se pensasse nesses termos, um modo de ser livre sem culpa e sem remorso. No entanto, se tinha havido uma razão para que assim tivesse sido e um propósito para que assim continuasse a ser, as motivações antigas que pudesse ter havido foram-se gradualmente tornando obscuras, ficaram neutralizadas pelas rotinas do dia a dia, como se tivesse deixado de haver outra causa ou outro propósito que não fossem essas próprias rotinas neutralizadoras. Tal como acontecera na relação entre o pai e Lenia Nachtigal. Ela a ser ainda o reflexo dessa relação. E portanto a ser ela também uma mulher decepcionada. Agora sobretudo a sentir-se traída por si própria. Mas talvez ainda como um modo de continuar a sentir-se intermutável com a amiga.

Lenia Benamor, em simbiose também nisso com Lenia Nachtigal, teria observado que o pai, o possessivo pai da sua infância, se tinha tornado num homem solícito e carente, que mascarava de generosidade a sua dependência de alguém que dele dependesse. Ou assim foi achando que estava a acontecer até achar que foi o que tinha acontecido quando Lenia

Nachtigal também achou. E que portanto o pai precisava mais da Lenia Nachtigal do que a Lenia Nachtigal precisava dele, que o pai precisava da sombra em que a amiga se tornara para ele próprio se poder tornar na sombra dela. Entendendo por isso que afinal o pai nunca teria querido recuperar em Lenia Nachtigal a mulher que ela poderia ter sido, mesmo quando tinha parecido querer. Aquele ser inatingível que ela tivesse sido teria de permanecer para sempre inatingível para ele. Lenia Benamor a sentir-se, por isso, ela própria traída pelo pai, ressentida como uma mulher atraiçoada pelo amante, a concluir que o pai era afinal um velho vampiro doméstico a alimentar-se de um corpo com pouco sangue, um necrófilo moribundo.

Sabia que estava a ser cruel, pensando assim. Talvez soubesse que poderia igualmente ter pensado o oposto, que era o corpo envelhecido do pai que estava sendo sugado da pouca vida que lhe sobrava. Mas nem por isso deixou de querer sentir o que pensou. Porque também pensou que só ela, que ao menos ela, a filha desse pai que cultivava a morte de quem professava amar, era ainda quem procurava encontrar restos de vida no corpo da amiga que a complementara junto ao pai, o pai que teria desejado amar, os restos de vida que ainda sentia nas mãos quando procurava estimular a carne violada que teria podido ser a sua. Ela própria violada pelo pai no corpo da amiga. Por isso agora sentia também o reverso do desejo físico que transferira para a amiga naquele primeiro encontro dos três em Paris. Agora sentia a sua própria repulsa pelo pai usurpador no corpo usurpado de Lenia Nachtigal. Afinal quem ela amava era a Lenia Nachtigal e não o pai. Ou, talvez, a si própria na outra? Porque também sentia, com um misto de alívio vingativo e de compadecida culpabilidade, que antes a outra do que ela, antes ser uma espectadora conivente do que uma vítima pactuante. E que só nessa diferença, afinal, podia residir a sua própria identidade. Não que por nisso se achasse mais digna nas suas motivações, mas apenas porque nisso se acharia menos degradada no modo como as implementara.

Ainda assim sempre ia lendo alguns poemas à amiga depois de a ter feito sentir que ainda havia vida no seu corpo. Sempre lhe ia mostrando nesses poemas que havia, ou tinha havido, ou poderia ainda haver outras vidas que não fossem só aquela morte em vida que partilhavam. Era afinal a sua única vingança possível. Uma expressão do seu amor.

No entanto, ou talvez por tudo isso, Lenia Benamor ocultava do pai e da amiga que ela própria pudesse ter outra vida além da que partilhavam. Se ia passar uma noite fora de casa, ou mesmo quando não tencionava ausentar-se mais do que algumas horas, dava um pretexto aceitavelmente neutro, nem que fosse apenas o de precisar de estar um pouco sozinha para melhor poder regressar. Como de fato sempre regressava, tendo passado uma furtiva noite com um quase desconhecido num quarto de hotel, ou então nem isso, apenas uma rápida felação anônima nalgum parque público, com os baloiços das crianças à distância, qualquer coisa que lhe bastasse para, pelo menos por um momento, sentir dentro de si a pulsação de outro corpo vivo, não se sentir apenas como um corpo transposto na amiga. Era uma mulher atraente, homens disponíveis havia sempre, sobretudo sem prelúdios nem sequelas sentimentais.

As benemerências políticas do pai pouco lhe interessavam, mas interessou-se pelo novo interesse que Lenia Nachtigal teve nelas como um modo de encorajá-la a ter qualquer interesse. E nisso afinal coincidia com o pai.

Acontece, porém, que na generalizada paranoia pós-11 de Setembro e dos subsequentes terrorismos londrinos, as caridades islamitas se tinham tornado potencialmente perigosas por poderem ser mal interpretadas.

Durante a ausência de Almir Benamor na Palestina, Lenia Benamor aproveitara para ir passar uns dias com um psiquiatra argentino em visita ao Museu Freud e Lenia Nachtigal estava sozinha quando dois senhores da MI5 tocaram à porta do apartamento. Eles sem fazerem segredo de que eram. Muito corretos, como é o seu estilo, de Stasi à inglesa, mas nem por isso menos ameaçadores para quem à sombra da outra tivesse crescido. As não respostas que Lenia Nachtigal, filha da Stasi, deu às não perguntas que eles lhe fizeram pareceram ter funcionado, mas a intenção teria sido precisamente essa, que funcionassem como um aviso que ela certamente transmitiria ao seu... *"your father, ma'am? Your partner?"*... quando ele regressasse a Londres. *"And do you intend to stay in this country very long?"* Para bom entendedor... Ou seja, estavam avisados.

O agente que perguntou a Lenia Nachtigal se Almir Benamor era o seu *partner*, com o implícito sentido duplo de parceiro político e de companheiro conjugal, tinha sido, ainda assim, o mais simpático dos dois, um jovem com olhos atentos mas não hostis. Deu-lhe o seu cartão, à despedida. Que lhe telefonasse se tivesse algum problema.

"John Smith", disse ele a sorrir, como se comentando o nome improvavelmente banal e certamente fictício no cartão, como aqueles que são usados para encontros clandestinos em hotéis discretos. Mas além de um aviso seria também um convite a que cooperasse, teria ela pensado. Fosse ou não, Lenia Nachtigal sentiu-o como um desafio. Como um clarim da memória que a tivesse despertado do seu torpor. Não daquele modo febril em que nalguns dias se cansava de não se cansar, mas com a fria determinação de quem quer agir e sabe que vai agir. Andavam a espiá-los? Pois bem, iriam ter de quê. Só não sabia ainda era de quê. Mas de alguma coisa iria ser, relacionada com espionagens, com vigilâncias, com perseguições, com vinganças, ações diretas, armas, terrorismos. De como evitar ser punida. Ou de como executar punições. Não era em vão que era filha da Stasi. Ao serviço de uma causa que pouco lhe interessava se era boa ou se era má, mas que passaria a ser a sua. Com métodos diferentes dos que Almir Benamor desejasse. Contra ele, se necessário fosse. Contra tudo e todos. Mas a ser finalmente a mulher prática e atuante que havia sido, uma predadora saída da hibernação. Se é que de fato desejava ter saído da sua hibernação e não fosse apenas um modo de se preservar adormecida numa nova aparência exterior.

No entanto foi assim que, de repente, qualquer coisa mudou dentro dela. Mas como se tivesse sido de fora para dentro. Como se alguém tivesse carregado num botão e tudo em si se iluminasse. Percebeu que tinha recuperado a sua perdida vontade, que iria organizar-se, recuperar a disciplina dos seus tempos de juventude, deixar que o corpo pudesse de novo querer alimentar-se, que comer já não seria uma partilha de morte na devoração de corpos mortos como havia sido o seu, mas um desejo de vida alimentada pela morte de outros corpos. Redescobriu o prazer de ter corpo. A repugnância que sentira pelo seu próprio corpo transferiu-se para a repugnância que passou a sentir pela conivente degradação a que o havia submetido, transferiu a repugnância que sentira por si própria para Almir Benamor, vendo-o agora como um sinistro carcereiro de almas que afinal havia sido o mentor da sua morte em vida. E sim, também para a sua suposta amiga, para a outra Lenia, a filha cúmplice desse pai que a degradara, a sua pior inimiga, pior do que a mãe que desprezara.

Esta seria talvez a outra Lenia Nachtigal que Almir Benamor pressentira por detrás da que tivesse amado, a que destruiu a cantora e o poderia destruir a ele quando saísse do estado de sonambular hibernação em que a mantivera. Ou talvez não. Talvez fosse a Lenia que ele próprio sempre trouxera dentro de si. A imagem tangível da sua própria alma que, essa sim e não ela, seria fria, cruel, calculista, incapaz de amar.

Os métodos, disse Almir Benamor deveras assustado quando regressou da Palestina, deveriam ser equivalentes aos da orquestra criada por Edward Said e por Daniel Barenboim. Acentuar a semelhança na diferença, estabelecer pontes de criatividade conjunta, tudo coisas que o Otto também acharia. Nem a referência a Otto ajudou a argumentação de Almir Benamor. Lenia Nachtigal respondeu agressivamente que não era com orquestras nem com música que se mudavam as circunstâncias das pessoas vitimadas e acrescentou brutalmente que também tinha havido uma boa orquestra e ótima música no campo de concentração de Terezin, tocada e cantada pelos judeus que nesse tempo eram os palestinianos de agora, com os guardas nazis a aplaudirem. Tudo isso acontecendo antes desses mesmos judeus serem mandados para outro campo sem orquestra mas com banhos mortais de gás. Os exércitos nazis entretanto anexando territórios adjacentes a pretexto de direitos ancestrais, como os israelitas de agora.

"Eu sei, eu é que sou alemã!"

E assim por diante, em fúria incontida. A ser tão injusta e tão excessiva nas suas comparações de circunstâncias incomparáveis que Almir Benamor se encontrou a defender as ações de Israel como de um país a ter de assegurar o seu direito de existir, pronto a dizer que sim, que nazi era ela e não os israelitas. E só não disse porque teve medo de que ela de fato o estivesse a ser. Ou também porque ela acrescentou, mudando de tom, parecendo que a querer sorrir, como se tudo que disse tivesse sido uma brincadeira, talvez de mau gosto, bom, sim, concordava, certamente de péssimo gosto, desculpasse, mas inconsequente:

"Desculpe, Almir, tem razão. Eu é que já não gosto de orquestras nem de música. Tem toda a razão." Isto dito não já a fingir querer sorrir mas com uma expressão de menina frágil e obediente.

E então lembrou novamente a Almir Benamor que Victor Marques da Costa poderia ser um contato útil para eventuais ações porventura úteis, talvez mesmo mais úteis do que as caridades que, não o disse mas ficou sugerido, não mudavam nada. Pacíficas, é claro, apressou-se a insistir. E, já que Almir Benamor tinha passado a ir à mesquita de Regent's Park, ações que tivessem a aprovação prévia dos seus novos mentores religiosos. Até porque era a mesquita mais recomendável de Londres, junto aos refinamentos aristocráticos dos prédios de John Nash, e certamente frequentada pelos mais esclarecidos devotos muçulmanos. Isto dito sem aparente ironia. Quanto ao mais, repetiu que Almir tinha, é claro, toda razão. Mas lembrou-lhe que o próprio Otto, que certamente concordaria com ele, também tinha dito que o Victor Marques da Costa se especializara em relações internacionais com esses países em fluxo.

Por que não tentar igualmente obter a sua ajuda? Pelo menos o seu conselho?

Típico do Victor que tinha conhecido, terá também pensado Lenia Nachtigal com alguma nostalgia. A ser o Victor de sempre, a querer redesenhar mapas. E sim, a verdade é que também gostaria de saber dele. Não seria difícil descobrir onde estava. Só não queria que ele soubesse onde ela estava, em quem se tinha tornado, o que lhe tinha acontecido, não queria que ele soubesse que ela já não era quem ele tinha conhecido, a mulher que ele tinha amado. E sim, agora acreditava que ele a tivesse amado. Mas isso fora noutro tempo, quando ela era ainda a outra que já não era.

"Tu é que poderias", disse para Lenia Benamor quando ficaram a sós.

"Poderia o quê?"

"O Victor. Aquele meu ex-namorado diplomata. O meu amigo português. Poderias encontrá-lo. Desta vez tu no meu lugar. Não eu no teu, como agora. Mas sempre a partilharmos."

E uns dias depois:

"Não disseste que querias voltar a Lisboa? Informei-me, ele está lá."

"Você se informou como?"

"Foi fácil. Telefonei para o Ministério. Vi o número na Internet. Pedi para falar com ele, como se soubesse que ele estava. Dizendo que era uma velha conhecida de Berlim. Nem sequer menti, portanto. Assim, se ele não estivesse em Lisboa talvez me dissessem onde está. Mas estava. E quando veio ao telefone não disse que era eu. Não disse nada, desliguei. Deixei o silêncio falar." Riu. "Portanto vai depressa, antes que ele ponha o telefone embaixo."

"Mas como é que eu vou saber quem ele é? Nem retratos você tem. E como eu vou conseguir encontrá-lo?"

"Ah, isso arranjarás modo. Por exemplo, há lá uma embaixada do Brasil, não há? Podes começar por aí. Almir há de conhecer alguém. Ou alguém que conheça alguém que o conheça. Só nunca lhe digas nada de mim. Nem que tu e eu nos tornamos a mesma. Isso ele terá de descobrir sozinho. Excitante, não achas?"

Sim, era excitante, Lenia Benamor também começou a achar que talvez pudesse ser.

"E se fôssemos as duas para a guerrilha?", perguntou-lhe.

"Tu nunca serias capaz de matar ninguém", respondeu Lenia Nachtigal. Dizendo isto como se ela própria fosse capaz.

"Por quê? Por não ser filha da Stasi, como você? Acha mesmo que não sou? Também eu?"

"Só se fosse por amor. Por amor talvez fosses capaz."

"Não, você não entendeu. Se acha que não sou também filha da Stasi. Se não acha que papai também é a Stasi."

Lenia Nachtigal respondeu como se de repente cheia de medo, um dedo sobre os lábios para a mandar calar, num gesto que o seu antigo namorado de Berlim teria reconhecido:

"Chiuuuu... Não digas isso! É proibido. É contra a lei."

E Lenia Benamor, desentendendo a intenção irônica, ou porventura entendendo bem demais uma acusação que também a incluísse:

"Mas eu não sou a lei, Lenia querida. Eu não sou a sua prisão. Se você está presa, é porque as duas somos prisioneiras. Já se esqueceu de que somos mais do que irmãs? Que somos como uma só em dois corpos?"

A questão, a subjacente ironia, é que Lenia Benamor continuava a sentir-se em perfeita sintonia com Lenia Nachtigal

mas que esta já tinha cortado dentro de si o elo que as tinha unido. Ou talvez não, modificadamente:
"*Ja, ja. Du bist meine Mutter.*"
"O que é que você disse?"
"Nada. Disse que a culpa não é tua."
"Nem sua. Mas se alguma de nós é culpada, sou só eu. Você nunca terá culpa."
"Não posso dormir mais com ele", respondeu Lenia Nachtigal.
Isso Lenia Benamor achou normal:
"Eu levo para ele um chazinho de noite. Deixa comigo."
Lenia Nachtigal deixou.

A repugnância que tinha sentido pelo seu próprio corpo e que transferira para a repugnância que passou a sentir por Almir Benamor passara agora também a incluir a sua suposta amiga, a outra Lenia, a filha cúmplice desse pai que a degradara, a sua pior inimiga, pior do que a mãe que desprezava. Quando acordaram no dia seguinte Lenia Nachtigal disse a Lenia Benamor que também não queria mais massagens.

E no entanto as duas Lenias, ao sentirem pelo incestuosamente paternal Almir Benamor a mesma repugnância, continuavam afinal a ser a imagem refletida uma da outra. Até fisicamente se haviam tornado mais parecidas, agora que Lenia Nachtigal recuperara o corpo e passara a usar roupa da outra, porque a sua já não lhe servia, a usar a maquilhagem da outra, porque a sua já acabara havia muito. Aliás sempre tinham sido fisicamente parecidas, só as colorações eram diferentes, como tinham notado quando se conheceram e desde logo se tinham sentido atraídas uma pela outra, em narcísica complementaridade.

Bom, sim, digo eu agora. Mas complementaridade pressupõe ainda alguma distância, teria ainda permitido que se vissem como outras. Narciso afogou-se quando se fundiu com a sua própria imagem e deixou de se ver diferente no seu reflexo.

Teria sido então que Lenia Benamor finalmente decidiu ir a Lisboa procurar o antigo amante de Lenia Nachtigal como se ela própria fosse a outra. Para tudo se repetir outra vez?

8
IGUAL E DIFERENTE

Mas posso estar enganado. Posso estar a presumir erradamente que Lenia Benamor foi a Lisboa para arranjar modo de conhecer o Victor Marques da Costa e eventualmente estar com ele como se em substituição da amiga.

A presunção derivou, é claro, de o Victor Marques da Costa me ter contado o seu encontro no teatro com uma mulher que seria uma espécie de versão transposta da Lenia Nachtigal que ele continuara a recordar em esquecimento. Eu a querer impor uma lógica de plausibilidade ao que só como implausível pode fazer algum sentido, a querer deduzir uma possível verosimilhança das inverosimilhanças que o Victor Marques da Costa me contou. Além de que nada nos garante que a mulher de que ele se não lembrava no teatro fosse esta Lenia e não a outra, modificada pelo tempo. Nem qual delas seria a mulher que o teria sequestrado e com quem ele teria estado no apartamento em frente do Museu Freud. Se é que foi sequestrado. Se é que esteve com alguma delas. Ou seja: se ele não sabe, ou sabe e não diz, ou se diz o que não foi, eu sei ainda menos e ainda menos posso dizer. Qualquer que essa Lenia possa ter sido. Correção feita, portanto.

Digamos em todo o caso que Lenia Benamor foi a Lisboa e que terá mesmo arranjado maneira de ver o Victor Marques da Costa. O que poderia ter acontecido nalgum lugar público, por exemplo num dos concertos na Gulbenkian, dão sempre jeito para encontros desejáveis, ou mesmo numa recepção na residência do embaixador do Brasil, lá para os lados do Restelo ou da Ajuda, não me recordo exatamente. Isto por intermédio do tal conhecido de Almir Benamor que conhecesse alguém que poderia conhecer alguém na Embaixada do Brasil. E pode ser que Lenia Benamor até tivesse trocado algumas palavras de circunstância com o Victor Marques da Costa. Nada de memorável para ele, no entanto, a não dar direito a que se lembrasse dela como de um corpo que tivesse amado e de que reconhecesse a cor do perfume. E ela, em Lisboa, só a querer ver o amante fantasmático da sua especular amiga, o homem dos mapas de países que não existem existindo entre casas pintadas de várias cores.

Ainda assim, para que pudesse haver uma aparência de propósito eventualmente útil à sua viagem, tinha ido à mesquita de Regent's Park com o pai, onde a informaram de que a comunidade islamita em Portugal é ordeira e pacífica e que mantém relações perfeitamente cordatas com a comunidade judaica, também ordeira e pacífica. Que nem a orquestra do Barenboim, disse para o pai em referência neutralizadoramente irônica àquela horrenda confrontação que ele tinha tido com Lenia Nachtigal. E também se lembrou de que a Lenia Nachtigal lhe tinha dito que o Otto costumava dizer que Portugal era o país onde nada acontecia mesmo quando estava acontecendo. Antes assim, pensou, porque certamente não queria ter coisa alguma a ver com assassinos suicidas a explodirem-se ruidosamente em público, bem lhe bastavam os silenciosos suicídios domésticos.

Mas se nada acontecia tinha de inventar, fazer de conta que sim, afinal era o que prometera à amiga, o que Lenia Nachtigal estava a precisar depois de ter saído da sua hibernação de vida adiada. Mas como?

Estava um dia de sol radioso, de primavera precoce, e ela a sentir o calor do sangue a correr-lhe nas veias, sem mais querer sentir e, menos ainda, pensar. Se para a amiga tinha sido um longo inverno, para ela tinha sido uma longa vigília, estava cansada, precisava de repousar. E por isso deixou-se quase adormecer, ali sentada na esplanada junto à estátua de Fernando Pessoa depois de ter ido cumprimentar a de Luís de Camões noutra praça mais acima. Os dois poetas do Otto, que ficaram sendo os dois poetas da Lenia Nachtigal e agora também os seus naquela Lisboa revisitada de onde Otto mandara a sua última mensagem. O Otto que mal conhecera mas que a fizera pensar que agora era a sua vez. Um dos poetas era muitos para poder ser ele próprio e o outro era ele próprio para poder ser muitos. Foi o que Lenia Nachtigal lhe disse que o Otto tinha dito. Antes isso do que morar entre o Museu do Freud e as psicoterapias da Tavistock Clinic. Com a igreja católica de permeio. Bom, está bem, com a arte dramática ao fundo da rua, a Central School of Speech and Drama e o Teatro de Hampstead. E porque é que o Otto não era o pai dela em vez de nem sequer ter a certeza de ser o pai da outra Lenia?

Portanto ficara naquele velho hotel situado em frente de um dos poetas e próximo do outro. Portanto por quê? Portanto coisa nenhuma, simplesmente decidira ficar naquele hotel por causa da localização. Ruinzinho, quartos cheirando a canos entupidos, mas com vista para a vida dos outros lá fora. Sorriu ao lembrar-se da confusão do empregado da recepção, quando lhe disse que queria um quarto de frente.

"Os quartos são todos iguais, minha senhora."

"Bom, sim, tudo bem, mas eu queria um de frente."

"Ah isso então não temos."

Tentou outra vez. O mesmo resultado, agora com impaciência de ambas as partes.

Até que ela entendeu. Tinha, é claro, pronunciado à maneira brasileira as palavras "dji frente" e o rapaz entendera, à portuguesa, "dif'rente", a significar "diferente" com as vogais fechadas. Mas assim ela ao menos conseguiu um quarto que era ao mesmo tempo igual e diferente. Como ela e a outra Lenia? Ou ela é que era a outra Lenia? Isso é o que ainda não tinha resolvido. Qual das duas era a outra. E também se devia finalmente matar o pai, como imaginou quando era pequena. Em legítima defesa. Por violação em corpo transposto. Por estupro. Por pedofilia. Para depois poder rir.

A divagação semiadormecida pelo calor derivou por um momento para a gente à sua volta. Pessoas pessoanamente sentadas na esplanada, ao sol. Continuou a pensar não pensando. Por que é que os portugueses são tão tristes? Num país com tanta luz. Ela não era triste. A sua amiga Lenia não era triste. O Brasil não era triste. O Brasil tinha tantas religiões que era um país pagão. Com um deus para cada necessidade. Por isso, mesmo em tempos de sofrimento, era um país virado para fora. Nem Israel nem a Palestina seriam países tristes, pelo menos imaginava que não fossem. Poderiam, todos eles, as pessoas desses países e os países dessas pessoas, ser desesperados, mas não tristes. Desespero não é tristeza. O desespero queima. É fogo na roupa. A tristeza é morna. O pai tinha-se tornado num homem triste. A cometer diariamente o pecado da tristeza. Quem é que tinha chamado pecado à tristeza? Não se lembrava, talvez tivesse lido nalgum poema para a sua amiga Lenia, mas que era pecado, era mesmo. Será que o tal do Victor também era triste? Ou os pecados dele eram outros? Cometidos nos tais mapas que a Lenia Nachtigal dizia que ele imaginava? E esses não seriam os mapas da sua tristeza?

    O pai não era mau homem. Talvez não fosse. Teria sido sem dúvida bem-intencionado. Mas não era como o sol. Não criava luz, criava sombra, criava escuridão à sua volta. Criava o vazio. O quarto escuro de que falara a cabocla, com roedores invisíveis devorando lentamente. Geralmente os homens muito mais velhos que se apropriam de mulheres muito mais novas rejuvenescem, é mesmo para isso que elas servem, por isso até se tornou numa prática oficialmente regulamentada nalgumas culturas, por algumas religiões. Nas religiões orientais, como deveria ter sido a do pai se a família tivesse permanecido pelas turquias e não tivesse bagunçado tudo com as misturas brasileiras. Mas o pai agora tinha deixado de ser brasileiro, tinha deixado de ser pagão, agora que tinha virado religioso de um só Deus na Palestina. Mas também tarde demais para conseguir recuperar o seu ancestral passado maometano.

    Ou isso de quatro esposas para cada homem não era coisa de maometanos mas de hindus? Não sabia exatamente mas, em todo o caso, a esposa mais nova possivelmente teria a idade da filha mais velha da primeira esposa. E o homem sempre a rejuvenescer ao sol enquanto as esposas envelheciam na sombra. Mas com o pai não foi assim que aconteceu, ele é que foi ficando muito mais velho e a Lenia muito mais nova. E ela própria também não parecia ter a idade que tinha, sabia perfeitamente. Também tinha ficado mais nova. A outra Lenia ficou mais nova porque o seu corpo regrediu para antes de ser mulher, e ela porque ainda não tinha preenchido o seu corpo de mulher. Tinha sido prostituta, sim, era verdade, ainda agora às vezes gostava de ser uma puta sem-vergonha, mas para ela ser puta era uma espécie de virgindade intocada, um adiamento de ser mulher.

O pai, já havia algum tempo, tinha começado a esquecer, a confundir datas, a misturar acontecimentos, lembranças fantasmáticas do passado remoto. O psiquiatra argentino que tinha conhecido no Museu Freud explicou-lhe que eram coisas habituais da velhice, que ao mesmo tempo que o presente se distancia o passado se aproxima. O passado a esvaziar o presente para ocupar o lugar do que deveria ser o futuro que não vai haver. Foi o que ele explicou. Qualquer coisa nesse gênero. E agora no pai dava para notar.

Já tinha começado antes mas ficou pior depois de voltar da Palestina. Agora a ir prostrar-se às sextas-feiras na mesquita. E diariamente fechado no quarto às horas regulamentares. Foi gozado quando levou para casa três correligionários, um estudante franzino que queria ser banqueiro, um farmacêutico dos que há muitos em Londres e um grande, o mentor dos outros, de barbas e batina brancas, de quem a outra Lenia não gostou e que ela tinha achado o mais engraçado. Depois, quando eles se foram, até perguntou à Lenia, a rir, se ela achava que aqueles eram para a orquestra ou se os preferia na guerrilha. Mas a outra Lenia estava noutra, não achou graça. É, mas vai ver que começou a melhorar por causa de o pai ter piorado. Porque a outra Lenia não queria a mãe que teve e tinha querido o pai que não tinha.

Se ela própria tivesse tido mãe teria sido diferente? Se tivesse tido a tal da mãe francesa, a virgem de Poitiers, que se casou virgem depois de a ter tido. A que voltou a ser virgem depois de a ter parido às escondidas. E depois teria tido mais filhos? Ela teria irmãos? Uma irmã de verdade, em vez de só a outra Lenia, que só era irmã porque não tinha outra irmã nem tinha tido mãe. É verdade que esses irmãos e irmãs nascidos da mãe seriam só de meio sangue. Franceses. Mas era proibido querer saber. A outra Lenia tinha dito que era contra a lei. Porque o pai prometera para a mãe a deixar nascer. Portanto ela agora também cumpria a lei. Mas talvez, se tivesse tido mãe, já estivesse mais velha do que era. Mais velha do que a mãe que para o pai tinha ficado para sempre da mesma idade que tinha em Paris. Como se fosse a Lenia Nachtigal congelada no tempo.

A lembrança do psiquiatra argentino fê-la sentir que queria um homem para essa noite. Para depois de o sol baixar, depois de uma chuveirada refrescante. Mas quem? Do seu português fechadinho nunca mais tinha sabido. Nem quereria, com esse não queria nada. Lembrou-se de outros portugueses que tinha conhecido quando morou ali, aqueles de quem o fechadinho teve ciúmes. Mas tinham passado anos demais. Nem dos nomes se lembrava. O tal do Victor Marques da Costa é que teria sido interessante, poderia juntar o útil para a outra Lenia ao talvez agradável para si, sentir com ele o que ela tinha sentido. Aliás homem atraente, tinha achado. Mas para isso teria de encontrá-lo de novo. E se fosse esperar por ele, à saída do Ministério? Podia facilmente saber onde era, qualquer táxi saberia. Desse modo poderia pelo menos voltar a vê-lo, talvez segui-lo, talvez deixá-lo um pouco intrigado por estar a ser seguido por uma mulher que ele certamente não reconheceria depois do seu brevíssimo encontro no meio de tanta gente.

Decidiu-se. Mas como ainda era cedo voltou para o hotel, perguntou ao recepcionista dos equívocos onde era mesmo o Ministério das Relações Exteriores.

"Dos Negócios Estrangeiros, minha senhora."

"Tudo bem, esse."

E se sabia a que horas os diplomatas saíam.

"Ó minha senhora, esses não entram nem saem." Mas certamente não seria antes das 18 horas.

Lembrou-se de que tinha sido por causa de um equívoco de recepcionista de hotel que conhecera Lenia Nachtigal, em Paris. Bom augúrio? Foi escolher uma roupa adequada de *femme fatale*, antecipou o chuveiro, perfumou-se em competição vitoriosa com o cheiro dos canos, e ao fim da tarde tomou um táxi para o Largo do Rilvas, a Alcântara, indicação do recepcionista. A ver o que acontecia.

Não é provável (digo eu agora) que tivesse podido acontecer muito. Se bem me lembro, no Largo do Rilvas não há um abrigo fácil para quem queira esperar por um encontro que parecesse acidental. Não há um café, uma esplanada, mesmo os poucos bancos públicos não dariam. Ela ali a fazer o quê? E quem saísse do Ministério entraria logo num carro de motorista fardado, pelo menos num táxi. Há o Palácio das Necessidades (nome que teria parecido a Lenia Benamor uma gracinha de mau gosto) à direita de quem sobe pela Travessa do Sacramento e, do lado oposto, casas particulares de gente discretamente rica, escondidas dos poucos turistas que por lá houvesse a fotografar necessidades.

Nesse fim de tarde nem turistas. Lenia Benamor aproximou-se do palácio, explicou ao guarda na entrada que era para pegar um táxi que tivesse trazido alguém, e agora uma de duas. Ou chegou um táxi em que vinha o Victor Marques da Costa, ela disse-lhe qualquer coisa que lhe despertou alguma curiosidade, ele disse que ia lá dentro mas voltava já, voltou e, resumindo, passaram a noite juntos sem que ele, sempre pronto a encontros anônimos, soubesse quem ela era e ela sabendo quem ele era mas não dizendo. Ou então, a outra possibilidade, o táxi que chegou não trazia lá dentro Victor nenhum, até porque ele como embaixador teria direito a carro oficial e motorista, e ela regressou frustradíssima ao hotel. Ou, já agora que estava nessa, pediu ao taxista que a deixasse num bar simpático onde se pudesse frustrar um pouco menos. Por exemplo, num daqueles que há à beira-rio, em Alcântara. E aí teria talvez recrutado para a noite, assim vestida como se para esse propósito, um compensatório turista antecipado que lá estivesse, porque a essa hora certamente não haveria por ali nenhum português prestável, era cedo demais para os erotismos nacionais sempre tardios.

De um modo ou de outro, Lenia Benamor regressou a Londres mais contente do que tinha ido.

9
O LAGO ESVAZIADO

Lenia Benamor regressou a Londres e quando Lenia Nachtigal e Almir Benamor lhe perguntaram como tinham corrido as coisas em Lisboa, se tinha conseguido estabelecer contato com o embaixador Victor Marques da Costa, respondeu que sim, claro que sim. No brevíssimo encontro que de fato tivessem tido (na residência do embaixador do Brasil ou na Gulbenkian, tanto faz) ouvira-o dizer a alguém ao lado dele que em Londres ficava sempre num hotel simpático perto da Wallace Collection, em Marylebone. E agora Lenia Benamor disse que foi a ela própria que ele tinha dito.

Lenia Nachtigal reagiu à notícia com uma mistura de excitação e de melancolia. Queria vê-lo sem ser vista por ele, saber dele sem que ele soubesse dela, a sentir-se ao mesmo tempo a mulher que tinha sido nos seus tempos partilhados de Berlim e a mulher que recordava esses tempos como irremediavelmente perdidos. Ficou a aguardar a sua vinda, telefonando anonimamente todos os dias para esse hotel (ali só há um possível) a saber se ele já tinha chegado. E, depois que soube que chegara, decidiu agir. Disse a Almir Benamor que precisaria do carro e do motorista nos próximos dias mas não lhe disse qual era o seu plano já que, na verdade, nenhum ainda tinha. Disse-lhe só que seria para benefício da sua partilhada causa. O envelhecido Almir Benamor não fez muitas perguntas, porventura receando que o verdadeiro propósito dela fosse um reencontro sentimental com o antigo amante e preferindo não saber.

Aliás foi o que ela deu a entender a Lenia Benamor que talvez desejasse e esta, como sempre, dispôs-se a ajudar no que pudesse. E então decidiram que a ideia seria observar o Victor Marques da Costa discretamente, seguir os seus movimentos, deixar que ele percebesse que estava a ser seguido sem saber por quem nem por quê, para isso as duas até poderiam revezar-se, criar mistério, assustá-lo, até mesmo confrontá-lo diretamente, se necessário sequestrá-lo.

Elas a brincarem aos terrorismos, Almir Benamor a querer achar que era tudo em prol de uma boa causa e Victor Marques da Costa a ser devidamente punido.

"Punido?", perguntou Lenia Benamor. "Punido por quê?"

"Por ter prometido ser quem não era. Por me ter deixado tornar-me no que sou. Portanto é preciso. É a lei."

Para Lenia Benamor não era a lei coisíssima nenhuma mas poderia ser um jogo divertido de faz de conta. Portanto por que não? Sim, claro, entraria no jogo, ajudaria a amiga.

O que Lenia Nachtigal não disse a Lenia Benamor foi que, talvez para tornar o jogo ainda mais divertido, decidira aceitar a sugestão do improvavelmente chamado Mr. John Smith, o agente da MI5 que a tinha visitado, e telefonou-lhe.

Encontraram-se no relvado atrás do Teatro de Hampstead, a meio caminho da biblioteca pública, onde há uma zona com gente sentada na relva, casais de namorados, jovens mamãs, *nannies* e crianças à mistura. Era um lugar plausível a que ela pudesse ir sem ser notada.

O Mr. Smith obviamente presumiu que ela teria alguma coisa a dizer sobre as atividades islamitas de Almir Benamor e, para lhe sossegar a consciência que tivesse, começou logo por assegurar-lhe que não haveria questão de ser desleal para quem quer que fosse, mas simplesmente de se proteger de possíveis consequências indesejáveis. Fizera muito bem em contatá-lo.

E prosseguiu: a Ms. Nachtigal já tinha imaginado o que aconteceria se, por exemplo, os donativos do seu *protector* (foi a designação que desta vez preferiu) fossem usados para explosivos ou para armas? Mesmo sem que ele o soubesse e por gente não tão bem-intencionada como ela acharia que ele era? Ainda há pouco tinha havido um caso assim e o suposto benemérito estava agora na prisão juntamente com os terroristas que tinha subvencionado. Esse sendo também um homem aparentemente bem-intencionado. E que também não tinha um passaporte de país muçulmano, acrescentou. Circunstância que aliás tinha sido entendida pelo tribunal como uma agravante, um disfarce, tal como a nacionalidade brasileira do seu protetor também poderia ser considerada como um disfarce em circunstâncias semelhantes.

"*He's not really Brazilian, is he?*" Os brasileiros que conhecia, e havia muitos em Londres, não se comportavam como ele. Mesmo os religiosos praticantes. E donde lhe vinha o dinheiro? O pai dele tinha sido um terrorista, não tinha?

Lenia Nachtigal teria asseverado que Almir Benamor nunca fora um homem religioso. Bom, pelo menos até recentemente. Até à viagem à Palestina. Sim, de fato desde então tinha mudado. Mas se por isso era mais ou menos brasileiro... Em todo o caso o problema com o pai dele tinha sido um grande equívoco, uma terrível injustiça. Disso ela não tinha qualquer dúvida.

"That's exactly my point, don't you see?"

Uma injustiça podia levar a ressentimentos. A outras injustiças. Mesmo depois de muitos anos. Mesmo noutro país. Então o que ia ele fazer, passando agora dias inteiros na mesquita? Candomblé? Escola de samba? Investimentos petrolíferos? A contribuir para o crescimento econômico do seu país? Quem era essa gente com quem ele andava agora? Em suma, queria nomes, endereços, profissões, conversas. Bastava que ela estivesse atenta e depois lhe dissesse. Mesmo pequenos pormenores que lhe parecessem irrelevantes.

"For your own protection."

E claro que não só Almir Benamor mas também a filha nunca poderiam saber da sua existência. De que se tinham encontrado. Isto agora seria um assunto só entre eles.

"I don't think we can trust that girl", acrescentou como se soubesse coisas de Lenia Benamor que igualmente o fizessem desconfiar dela. *"You must be very careful."*

Depois quis saber se a Ms. Nachtigal lhes tinha contado da sua visita, quando estava sozinha em casa. Ela respondeu que não, que hesitara mas que tinha achado melhor não. Era mentira, tinha contado e comentado amplamente. Mas como agora não lhes tinha dito que ia encontrar-se com o Mr. Smith era como se passasse a ser verdade.

"Nein", repetiu. *"I did not."*

E o Mr. Smith, aprovando:

"You see what I mean? You felt even then that you couldn't trust them. As I thought."

Lenia Nachtigal deveria também ter dito ao Mr. Smith que quem tinha falado em armas e terrorismos fora ela, não Almir Benamor. E que Almir Benamor, pelo contrário, falara a despropósito em simbólicas orquestras reconciliadoras, aliás irritando-a com a sua insensibilidade em relação às circunstâncias antimusicais em que se encontrava. Bom, sim, mas se ela pensara em armas e terrorismo é porque não eram coisas impensáveis, de fato sabia lá o que ele teria feito na Palestina, o que de fato ia fazer à mesquita. Sabia lá se a mudança que notava nele era mesmo um sintoma de envelhecimento ou apenas um disfarce de desviadas intenções que a excluíam. E se ela própria estava agora a disfarçar-se, a ocultar-lhe o seu encontro com o Mr. John Smith da MI5, porque não poderia ser que também ele lhe estivesse a ocultar os seus verdadeiros propósitos? A duvidar da lealdade dela, portanto, a excluí-la da vida dele.

E é claro que também deveria ter dito ao Mr. Smith que Lenia Benamor ainda tinha menos a ver com o assunto, que lançar dúvidas em relação à sua amiga, a impulsiva, porventura confusa mas essencialmente estimável Lenia Benamor que, desde que se tinham encontrado em Paris, havia duas décadas, havia sido a sua companheira inseparável, era uma clara manobra divisiva, coisas típicas de polícia secreta.

Saberia tudo isso mas o que Lenia Nachtigal, filha da Stasi, disse ao Mr. John Smith da MI5 foi que havia ainda outra coisa que lhe queria dizer. Que havia outra pessoa que devia mencionar. Um diplomata português, que tinha conhecido em Berlim, antes do colapso do muro. Nesse tempo um simpatizante comunista. Até sabia que havia na embaixada uma informadora da Stasi e não fez nada para impedir. Atualmente especializado em relações com países muçulmanos. Uma curiosa evolução, sim, ela também achava. Muito significativa. A Lenia Benamor tinha-se ido encontrar com ele recentemente em Lisboa. E ele tinha acabado de chegar a Londres.

Lenia Nachtigal deu ao Mr. John Smith o nome de Victor Marques da Costa e também lhe disse qual o hotel onde ele estava instalado. Sim, sim, *natürlisch*, tinha sido a Lenia Benamor que lhe disse qual era o hotel.

Despediram-se. Mr. John Smith seguiu para o lado da biblioteca, Lenia Nachtigal ficou ali ainda algum tempo, a olhar para a vida em sua volta. O relvado descia para uma espécie de lago de cimento construído como se fosse uma longa piscina retangular, mas quase sem água para as criancinhas poderem chapinhar. Um lago esvaziado, portanto, um lago sem perigo.

Depois regressou a casa caminhando lentamente, com o gosto de caminhar, reconhecendo no seu corpo uma espécie de sensualidade que não sentia havia muitos anos, desde os tempos de Berlim e de Victor Marques da Costa, antes de haver o outro lado do muro. E também se sentiu de novo muito próxima de Lenia Benamor, que acabara de comprometer junto à polícia de par com o seu antigo amante.

10
AO VIRAR DA ESQUINA

E Almir Benamor? Claramente é uma personagem que me escapa, que não consigo entender. Encontramo-lo primeiro como um cordato e generoso *homme du monde*, soubemos dos problemas que tinha tido com uma recessiva francesa e que depois teve com a inconformada filha, dos remorsos em relação ao pai, dos compromissos políticos que fez e das compensatórias caridades que foi fazendo. Depois deixamo-lo adormecer junto ao corpo meio adormecido da jovem mulher que teria querido amar. E depois, de repente, ao virar da esquina, encontrou Deus. Ou não assim tão de repente porque Deus já estava à espera ao virar da esquina.

Mas se calhar é só o que há a dizer sobre ele, que Almir Benamor se foi gradualmente transformando num esvaziamento de si próprio, mais um produto de omissões do que dos atos, de carências mais do que da vontade. Porque se calhar é assim que as pessoas ficam depois de velhas, mesmo as melhores. Porque Deus não perdoa.

Até então teria sido um Germont pai que tivesse usado para seu proveito incestuoso a Violetta Valéry que podia legalmente desejar no lugar da filha (neste caso *bella ma non tròppo pura*) que teria desejado? Ou, mudando de ópera, um Otello que tivesse amado mais do que podia? Foi o que ele disse, como se falando de si próprio, no seu primeiro encontro com Lenia Nachtigal. Que foi também quando recuperou a filha que escapara ao seu afeto. E ele depois a ser esvaziado pelas duas, elas afinal as predadoras, ele o depredado? Nesse caso Almir Benamor não terá sido nem uma coisa nem a outra, nem Germont pai nem Otello, mas uma vida que desaconteceu.

Bom, sim, talvez. A ópera não dá para tudo. Mesmo o grande Verdi que, esse sim, sabia usar a linguagem dos acontecimentos públicos para significar os sentimentos individuais. Mas a referência à ópera vem a propósito porque recebi uma mensagem do Victor Marques da Costa a dizer que está de novo em Londres, se nos podemos encontrar. Traz-me a camisa que eu lhe tinha emprestado e, como sempre, queria saber de óperas viáveis.

Sendo assim, decidi que desta vez a nossa ópera ia ter a música antes das palavras. Mostrar-lhe que já compus a música possível para as palavras que ainda faltam. Disse-lhe que ia deixar no hotel o que tinha estado a escrever (que era até ao parágrafo em que o Almir Benamor desaconteceu). Para lhe dar tempo de ler sem muita pressa, poderíamos almoçar daí a dois dias na Wallace Collection.

Ao menos não era para ser logo na manhã seguinte ao pequeno-almoço, e a Wallace Collection tem um amplo restaurante de vidro transparente que parece ser ao ar livre por detrás dos Watteaus, Fragonards e Bouchers, os grandes mestres dos fingimentos que fingem ser outros fingimentos.

11
O ORIGINAL E A CÓPIA

"Tem a certeza?", desta vez foi o Victor Marques da Costa que perguntou.

"Claro que não. O que aí está são sobretudo dúvidas. As minhas dúvidas sobre as suas dúvidas."

"Mas o que você escreveu, isto aqui", apontou para o grosso envelope que tinha posto na cadeira ao lado, "nada disto tem qualquer relação com coisa alguma. Começando, ou aliás acabando, com o que você presume que seja o terrorismo. Ou o contraterrorismo. Santa ingenuidade! Ou esse pseudoislamita brasileiro a mandar dinheiro para a Palestina como se isso fosse assim tão fácil. E durante as décadas de inflação galopante no Brasil? Ou mesmo depois, a viver não se sabe como de importações e exportações não se sabe de quê. E acha mesmo que a MI5 funciona assim, com simpáticas visitas domésticas? E a entrevistar meninas fantasistas nos jardins públicos? Eu conheço bem essa gente das secretas e ela a mim, a daqui e a dos outros países chamados nossos amigos, faz parte da minha profissão. Mas isso são preguiças autorais que com um pouco de trabalho e um mínimo de pesquisa você ainda poderia corrigir. Informar-se. O pior é essa outra Lenia a confundir-lhe a prosa, a misturar pontos de vista como vocês dizem em crítica literária — você é que é professor de literatura, não sou eu — que às vezes é preciso ler duas vezes para entender qual é uma e qual a outra. Olhe, meu caro senhor escritor, você sabe que tenho gostado dos seus livros, até por isso lhe contei o que contei, presumi que me ajudaria a entender coisas que eu próprio não entendo. Afinal é esse, deveria ser esse o propósito da literatura, da sua função de escritor. Ajudar a entender o que não se entende. Mas o que lhe contei não era para você fantasiar dessa maneira. Não era um exercício literário. E se isto que escreveu é para ser o seu novo livro, olhe, desculpe..." Pegou no envelope e pousou-o sobre a mesa. Como quem diz acabou a conversa.

Paciência, não gostou. Ofendeu-se. Tirei os papéis do envelope e folheei-os, como se para consolá-los da rejeição. Notei que estavam cheios de rabiscos e de pontos de exclamação. De modo que quis ver quais seriam as passagens mais ofensivas e reparei que o nome de Otto estava sublinhado várias vezes. Perguntei, como se para mudar de assunto:

"Tem sabido dele?"

"De quem?"

"Do seu amigo Otto."

"Por que é que você disse que ele morreu?"

"Ah bom..."

O Victor Marques da Costa a olhar-me para verificar se o meu ah bom era porque sabia ou porque não sabia:

"Nada. Deixe. Se calhar não é verdade. O fato é que nunca mais tive notícias dele. Não, notícias tive, ocasionais, mas nunca mais o vi. Deixemos isso agora. O mais importante é a Lenia. A Lenia que há, que havia, que conheci em Berlim. E que foi a única que conheci. A Lenia Nachtigal. Você viu-a alguma vez? Ao menos viu alguém que pudesse ser ela, nos termos em que a descreve? Assim anoréctica, entre meio obsessiva e meio sonambular? E já que você menciona o Museu Freud e vai lá às vezes e que disse que havia lá um cão, como se fosse aquele cão que lhe mencionei — você a querer fazer correspondências eventualmente significativas, ohohoh —, o de quando eu era pequeno, do sonho que lhe contei..."

"Não, nem pensei nisso, o cão freudiano havia mesmo. O cão que só entendia a língua materna. Até o mencionei numa crónica no *JL*, há vários anos. Nada a ver com o seu."

"Bom, deixemos também o cão. Mas já que presume que seria a Lenia quem morava em frente do Museu Freud, no que seria a casa onde eu estive naquela noite — a Lenia Nachtigal e outra mulher da mesma idade e um homem mais velho —, vá, diga, você viu alguma vez alguém que pudesse ser ela? Ela e a outra? E o velho?"

"Sei lá. Pode ser que sim, sem saber. Tudo isso, incluindo as referências à política internacional e aos terrorismos — que sim, aceito que podem ser ingênuas e mal informadas — mas tudo o que escrevi sobre essa gente e as suas circunstâncias deriva do que você me contou, eu não inventei nada que você não tivesse sugerido."

"Inventou uma outra Lenia. E o pai que não dá para entender se profanado se profanador. Pior: separou a Lenia de que eu lhe falei numa outra Lenia, tornou-a numa duplicação de quem a Lenia poderia ter sido. Com essa sua mania das duplicações. Como nos seus outros livros. E o papá Benamor — bom amor, ohohoh, filho do amor — duplicando o velho Otto. E as mães das duas meninas. Já noutros dos seus livros..."

"Acha mesmo que são duplicações? E, já agora, você é a duplicação de quem? De si próprio?"

"... mas aqui retirando da Lenia quem ela tinha sido para a tornar em duas. A desentendê-la. E portanto a mim."

Eu ainda a defender-me, irritado com os ohohos de circo, sobretudo chateado por ter de concordar que muito do que tinha escrito podia estar mal resolvido mas ainda assim a querer justificar a ideia de haver duas Lenias que pudessem ser confundidas:

"Ó meu caro Victor, calma aí. Você pode não gostar do que escrevi, eu próprio acho que algumas coisas ficaram em suspenso, que não foram inteiramente resolvidas — estou agora a falar em termos de escrita, que para lhe ser franco são os que mais me importam —, bom, nisso você tem alguma razão, como tentativa de entender o que ainda não entendo. Do que não entendi do que você me contou. Isto que você leu é apenas um esboço, uma primeira versão, está longe de ser um texto acabado. Que aliás não sei se vou acabar. Nem sei se me apetece. Meti-me nisso, olhe, sei lá por quê, porque você... Porque já tinha começado a escrever outra coisa e você veio com essa sua história que se meteu na minha. Ou a minha meteu-se na sua. Certamente que se nota, é natural. Olhe, paciência, desta vez foi o que consegui escrever. Não é morte de homem."

"Ah não?" O Victor Marques da Costa ainda não satisfeito com as minhas justificações, a querer cobrar mais. "E quem lhe garante que não é?"

"Que não é o quê?"

"Morte de homem. Ou de mulher. Não, o que eu acho é que isto é a história do que você não conseguiu escrever. Um exemplo perfeito de como não contar uma história. De como não contar a história que diz que está a contar."

O pior é que o Victor Marques da Costa talvez tivesse razão. Mas, se tinha razão, o que escrevi talvez não seja tão mau como parece. Até se poderia dizer que é uma abordagem narrativa com algum mérito inovador, um virar às avessas das expectativas narrativas habituais. Como se em vez do tradicional autor onisciente, o que funciona como se soubesse tudo sobre as suas personagens, eu tivesse estado a escrever sobre uma personagem que sabe mais do que o autor. Que é o Victor Marques da Costa, é claro. E que por isso fui inventando improbabilidades, inconsistências, falsas conexões. Sim, se calhar foi isso que fiz. Pelo menos pareceu-me boa ideia dizer que foi, até ver.

"Olhe, Victor, eu de fato escrevi tudo isso como se tivesse sido uma encomenda sua. Sim, isso é verdade. Sobre aquilo que você sabe e que eu não posso saber. E que portanto só posso presumir. Mas sendo assim escrevi como se você não fosse o Victor Marques da Costa que está aqui no restaurante da Wallace Collection, o bom amigo que me foi visitar em minha casa, mas como se você fosse uma personagem ainda por existir. Como se essa personagem me tivesse vindo desafiar a escrever sobre ela. Parece uma tontice mas é o que me acontece quando escrevo sobre qualquer personagem. E se calhar isso resultou em que aquilo que escrevi não tenha nada a ver consigo, ou pelo menos com a imagem que você gostaria de projetar de si próprio. E se calhar foi isso que o ofendeu."

O Victor Marques da Costa a protestar:

"Ofendido, eu!?"

"Você está a reagir como um autor enganado. Que é pior do que o proverbial marido enganado com direitos legais de *copyright* matrimonial. Como uma personagem corneada, a quem eu tivesse usurpado a história da sua vida. Mas foi você e não essa personagem que, por exemplo, me disse que no teatro esteve ao lado de uma mulher que poderia não ser a Lenia que tinha conhecido em Berlim. E isso é o mesmo que dizer que achou que poderia ter sido, não é? E que essa outra que poderia ou não ser a mesma lhe disse qualquer coisa num português que poderia ser de brasileira. Ora se ela podia ser brasileira, faria sentido que tivesse um pai brasileiro, não acha?"

O Victor Marques da Costa a gozar-me:

"E, já agora, de origem islâmica por causa do sequestro. É isso?"

"Bom, sim, talvez. Talvez para dar uma aparência de plausibilidade ao que de outro modo não faria grande sentido naquilo que você contou. Às suas inconsistências. Mas implicitamente também a pôr em causa os estereótipos sobre o Islã e o terrorismo. É evidente que o infeliz do Almir Benamor seria tudo mas nunca poderia ser um terrorista. Em todo o caso poderia perfeitamente ser ele, ou alguém como ele, o homem mais velho que lhe pediu para trocar de lugar no teatro. Por razões de outra ordem, que nada têm a ver com terrorismos ou islamismos. E nada disso são duplicações. São coexistências aleatórias. Gerando enganos. Coexistências com a aparência de gente. E portanto a serem gente que deseja ter qualquer significação, como toda a gente. Ou seja, como eu ou você."

"Muito obrigado pela parte que me toca."

Achei por bem ignorar a ironia.

"Por isso também me servi daquele sonho que você me contou. Em que havia uma mulher que poderia ou não ser a mesma do teatro e um velho que seria e não seria o seu amigo Otto. As duplicações são suas. E o cão. O cão que você tornou indissociável da sua infância, a unir sonho e realidade, imaginação e memória. Se tudo isso é factualmente verdade, não posso saber. Nem me interessa saber. Mas se foi inventado por si, a invenção passou a ser minha a partir do momento em que escrevi sobre isso. Foi o risco que você correu me contando a sua história. Uma história contada é sempre uma falsificação. Isso até os psiquiatras sabem. Como não sou psiquiatra, a falsificação deixou de ser a sua quando a contei. Não ficou segredo clínico. Depois de contada tanto faz de quem seja. Portanto você não tem de que se queixar. Quanto às banalidades quotidianas, não, não sei se alguma vez vi qualquer das duas Lenias. Pode ser que sim, mas se as vi foi antes de existirem. Ou o velho. Só sabia que o cão existia, mas era outro cão. De modo que está a ver, é tudo perfeitamente lógico a partir do que você me contou. E nisso também tem razão. Transformei-o em literatura, desculpe lá. Num exercício literário em plausibilidades inverosímeis."

"Na plausibilidade das banalidades quotidianas... Sim, estou de acordo. Foi isso que você fez. O que você escreveu. Procurei-o num momento difícil da minha vida, contei-lhe as minhas inquietações, até lhe contei coisas sonhadas mas talvez acontecidas e coisas acontecidas mas talvez sonhadas, e você transformou tudo isso numa série de banalidades quotidianas."

Sim, pois é, a nossa conversa estava a correr mal. E era evidente que tudo que eu dissesse só a podia piorar. Ou talvez não. O Victor Marques da Costa interessa-me mais do que estava a querer achar que me interessava. E talvez mais ele próprio do que a personagem dele que imaginei, do que as personagens que a partir dele fui imaginando. Este Victor Marques da Costa, o que estava ali à minha frente, a almoçarmos no restaurante de vidro transparente que finge ser ao ar livre por detrás das disfarçadas lascividades pastoris da Wallace Collection. O meu amigo Victor de algum modo a condizer com elas.

Há lá, por exemplo, uma *Violação de Europa* em que o touro supostamente violador é um boizinho manso sobre o qual Europa está confortavelmente sentada, acompanhada das suas damas e todas elas vestidas como se em conversa de salão enquanto os *putti* nuzinhos de pernas roliças esvoaçam lascivamente à volta. Em suma, quem violou quem? A história dos amores do Victor Marques da Costa e da Lenia Nachtigal também é uma violação em que não se sabe quem violou quem. Inconclusiva. Palavra muito do agrado dele, isso já se sabe. De modo que, é o meu temperamento, antes piorar do que deixar a conversa ficar como estava. Tinha de ser provocação direta:

"Sabe qual é o seu problema, Victor?"

"Ah, agora vai-me dizer qual é o meu problema. Sim, senhor psiquiatra-autor, então diga lá."

"É querer controlar tudo a fingir que não. Até a mim me quer controlar como seu inconclusivo autor. Quando me veio contar essa história da Lenia Nachtigal e do sequestro e de tudo mais que terá ou não terá acontecido. A elogiar-me profusamente como autor para que eu escrevesse o que queria que eu escrevesse. Prevendo o que eu iria escrever, quase ditando ao longo daquela noite o que queria que eu escrevesse. Ao contrário do que diz agora, agora que não gostou do resultado, como se fosse uma encomenda. Como a do seu colega turco que encomendou a origem do mundo. Só não entendi, só não entendo ainda agora por quê, para quê, para que propósito seu que eu lhe pudesse servir. Como uma espécie de confissão, que eventualmente lhe pudesse ser útil? Como quem vai ao psicanalista mas a precisar de absolvição, estilo igreja católica? Pois é, fica tudo na vizinhança da minha casa. Você naquela noite estava inquieto, a recear qualquer coisa..."

"Como é que queria que estivesse depois do que aconteceu?"

"... a falar em polícia. Com a camisa manchada de sangue."

"A camisa? Ah, sim, já me esquecia, trouxe a sua camisa. Está aqui na pasta. Já lha dou. E era só o punho, um pequeno corte..."

"E depois houve aquela coisa da polícia e duma ambulância terem ido ao prédio em que você disse que tinha estado."

"Ah, disso não sei. Isso foi você que me contou."

"Que me contou o guarda português do Museu Freud, em frente. Mas a coincidir com o que você me disse. Ou a complementar o que não disse."

"E portanto você a concluir que matei alguém. Que matei esses dois, ou três, ou lá quantos eram, que o guarda do Museu Freud lhe disse que foram levados na ambulância depois de a polícia ter ido a um prédio em frente. Que poderia ser onde eu teria estado ou não. E portanto concluindo que o sangue no punho da camisa seria por isso."

"E foi? Foi por isso?"

"O que é que você diria se eu lhe dissesse que nada do que lhe contei aconteceu? Bom, quase nada. Pelo menos que não aconteceu como lhe contei? Mesmo o que lhe contei do meu passado, da minha infância."

"Ah sim? E que portanto foi tudo parte dos seus mapas de países que não existem, é isso que me vai dizer agora? Exceto que passaram a existir porque você contou."

"Não, o que lhe estou a dizer é que portanto não houve sequestro, nem teatro, nem nada disso. É o que lhe estou a dizer agora."

"Também já tinha pensado que não e também já lhe tinha dito. Não entendi foi por quê e também já lhe disse. O desafio para mim foi precisamente esse, tentar entender por quê. E o que lhe digo agora é que não acredito. Não acredito que nada disso não tenha acontecido. Que tudo isso não tenha acontecido. Que tenha sido tudo mentira. Olhe, já conheci alguns mitômanos. Havia um que quando dizia que estava bom tempo lá fora era melhor a gente sair de gabardine e guarda-chuva. Esse aliás acabou por ser preso pela Pide porque andou a dizer que estava envolvido numa tentativa de revolução que, sem que o soubesse, estava mesmo a ser preparada. A polícia investigou, os fatos coincidiam com as invenções, lixou-se e lixou os outros, que nem sequer conhecia ou o conheciam. Mas era uma revolução que em todo o caso não teria ido avante, portanto não chegou a ser grave. Exceto que alguns dos outros também foram presos e esses foram torturados. Ele não, depois de o assustarem durante dois ou três dias os polícias riram-se muito e deixaram-no ir à vida."

"Ah bom, então agora acha que sou um mitômano."

"Não, pelo contrário. Estou a dizer exatamente o oposto. Que você não é nem mitômano nem mentiroso. Os mitômanos mentem porque sim. Só porque mentem. Sem qualquer propósito. Você não. Acho que você não mente. Você transmuda. Não é por acaso que se fez diplomata. Sobretudo de um país que, para si — você é que disse — é como se não existisse para os outros. Transpõe veracidades. Acho que quando você mente é para abrir espaço para uma mentira alternativa que pode ser verdade. Os seus mapas imaginários. A desenhar fronteiras para controlar o que não existe. E o caos por baixo do que não existe. Foi isso que me interessou no que você me contou. Na maneira como contou. Procurando interessar-me sobretudo no que não contou, você estando perfeitamente consciente de que o estava a fazer. Você tinha lido os meus livros, mencionou as minhas personagens... como é que você disse?... inconclusivas. Bom, sim, e também falou em livre-arbítrio e de ter sempre se beneficiado de circunstâncias alheias à sua vontade, como se as duas coisas fossem a mesma. Eu, como autor de ficções que duvidam de si próprias, inconclusivas, como você lhes chama — e aliás não concordo, acho que só as certezas são inconclusivas —, eu para isso dava-lhe jeito. Para você continuar a se beneficiar de circunstâncias alheias. Mas o que eu também acho, o que de fato acho é que você quer sempre controlar o livre-arbítrio dos outros. Não como autor, é claro, isso seria demasiada responsabilidade. Seria expor-se demasiadamente. Isso já percebi que você nunca quer. Ou que não pode. Mas pode querer ser uma personagem que controla o autor. Colocando uma cortina à frente do quadro. Foi isso que você me disse que fez a vida toda. Que os outros são os seus autores. Para que as coisas lhe aconteçam como se por acaso. Propriedade sem posse. Seguindo uma estratégia de algum risco, portanto, mas só nas aparências. Por isso agora não se deveria queixar. Porque bem ou mal, repare, eu tornei-me no seu álibi. Voluntariamente. Aceitei ser o seu cúmplice. Escrevi uma história alternativa que poderia ser a sua."

"Cúmplice? Álibi?"

O Victor Marques da Costa tinha ouvido a minha longa tirada sem protestar. Diria mesmo que a sentir-se mais confortável, a jogar em casa, no terreno das veracidades transpostas.

Mas agora precisava de saber exatamente em que sentido eu me dissera ser o seu álibi:

"Se você concluísse que tive alguma coisa a ver com o... digamos assim... com o acidente dos tais dois... das pessoas que foram levadas na ambulância. O que é que você faria?"

"Não disse álibi nesse sentido. E nunca disse se foi uma ou duas ou três pessoas que foram levadas na ambulância. O guarda do Museu Freud só viu a ambulância. Não quem foi levado."

"Mas nesse sentido. Os outros sentidos que possa haver dependem desse. O que faria?"

"Não sei. Não sei se modificaria substancialmente o que já escrevi."

"Não é isso. Você informava a polícia?"

"A polícia? A que propósito? Nunca gostei de polícias. E para dizer o quê à polícia?"

"Sim, é isso, a dizer o quê? De modo que está a ver. É melhor deixarmos as coisas assim. Sem podermos saber mais."

"Pelo contrário. Agora é que não podemos deixar as coisas assim. Que é como quem diz, agora já podemos não deixar as coisas assim."

"Que é como quem diz o quê?"

"Que agora já podemos decidir juntos o fim da nossa história."

"Tem a certeza? Nesse caso não seria a mesma história."

"Ou seria a mesma e diferente."

"Como o quarto do hotel da sua brasileira no Chiado?"

"Ah, você leu essa cena. Confusão divertida, não é? Mas parece que aconteceu mesmo. A um esforçado poeta brasileiro que queria dormir de frente para a estátua do Fernando Pessoa. Se calhar para também ele ficar a ser muitos num só."

"O que aconteceu mesmo... Por exemplo, o que poderia acontecer mesmo como conclusão do seu livro? Eu matar o islamita brasileiro? O autor deixa? E qual das duas Lenias?"

"Decida você."

"Não, você primeiro. Você é o autor, eu sou apenas uma personagem."

"Por isso mesmo. As palavras antes das palavras. A cópia antes do original."

Conversa adiada, portanto.

12

WINTERREISE

E recomeçada nessa noite em minha casa.

Expliquei à S que tinha de ser, não há círculos fechados mas há espirais. Sendo assim, poderia ser por volta das dez, depois de um *Winterreise* para que o Victor Marques da Costa tinha conseguido um bilhete no Wigmore Hall?

Às dez seria.

O Schubert é o mestre supremo das notas suspensas entre a vida e a morte e o *Winterreise* é a regeneração da vida na imagem antecipada da morte, o espectro do Inverno na Primavera. De modo que foi uma preparação adequada para o resto da noite. Se é que não também uma recapitulação transposta da viagem iniciada por Lenia Nachtigal nos gelos de Berlim. A Viagem de Inverno que Victor Marques da Costa teria de concluir.

O Victor Marques da Costa chegou já não em confrontação agressiva ou ironia defensiva mas algo melancólico, a querer falar de essências em vez de circunstâncias. Fomos para o meu escritório. A S preferiu ficar na sala a ler um livro como deve ser, daqueles que têm princípio meio e fim, à inglesa, em vez de participar neste. E eu? Eu a achar que quanto mais rapidamente encontrasse um fim plausível para este tanto melhor para a minha saúde mental.

"Você tinha alguma razão quanto ao velho islamita brasileiro", começou Victor Marques da Costa. "Exceto que não era velho — pelo menos não assim tão velho — nem islamita nem brasileiro. E também quanto a ter havido outra Lenia. Exceto que não houve nem poderia haver, porque houve muitas e nenhuma."

Hum, o Victor Marques da Costa outra vez nos seus paradoxos que não levam a nada, foi o que pensei. Mas o tom era diferente do da véspera, mesmo daquele que adotara no mês anterior, quando veio contar-me a sua inconclusiva história. Tinha dito isto mais como um desabafo do que como um conceito. E também quando derivou do paradoxo para uma espécie de oxímoro, como igualmente notei. Mas isso é automatismo profissional meu, notar essas coisas.

O oxímoro foi:

"Nem tudo o que acontece acontece. Mas às vezes o que não acontece acontece."

Pesadote. Mas eu, a querer dar-lhe o benefício da dúvida:

"Que é como quem diz?"

Ele então recomeçou a sua história desde os tempos em Berlim, quando conhecera a Lenia Nachtigal. A dizer mais sucintamente o que já tinha dito, e que era mais ou menos como eu contei, mas pareceu-me que a querer dizer qualquer coisa diferente, que ele próprio não saberia muito bem o que fosse. A tatear nos interstícios do que tinha dito.

Durante alguns anos tinha de fato procurado encontrar a Lenia Nachtigal tão subitamente desaparecida da sua vida. Nos programas de ópera em que ela estivesse metamorfoseada noutra que pudesse ser ela. Em mulheres que com ele se cruzassem em ruas de qualquer cidade de qualquer país, que visse acidentalmente em hotéis ou conhecesse em ocasiões públicas e que, por alguma feição, ou gesto, ou expressão lhe fizessem lembrar a Lenia Nachtigal que sabia nenhuma delas poder ser mas que, cada uma a seu modo, se tivessem tornado para ele num convite para nelas a procurar.

Até então tinha sido um homem tímido, algo inseguro, de que as mulheres gostavam pela sua vulnerabilidade, por sentirem que o podiam proteger, por não ser perigoso. Mas alguma coisa se transformara nele que transformou o modo como passou a olhar para essas mulheres que não eram a Lenia Nachtigal. O que também teria levado a uma transformação na resposta delas ao seu modo de as olhar, de as desejar. Elas talvez a desejarem que fosse a elas que procurava por detrás da sua aparência exterior, das suas circunstâncias, mesmo dos seus corpos, a presumirem que era a sua essência oculta que procurava e não um outro alguém que elas não eram. Prometia a possibilidade do impossível, em suma, fazia-as sentir a possibilidade do impossível, parecia oferecer o que só Deus poderia dar se houvesse Deus. Toda a gente julga ter dentro de si uma imagem oculta de si própria, mesmo que não saiba qual possa ser, e se alguém a reconhece, ou parece reconhecê-la, e por isso parece amar quem nessa imagem se julga oculta, a impressão causada é profunda, a sedução imediata. Nalguns casos devastadora.

"Já lhe disse, desculpe se já lhe disse, mas o que estou a querer dizer é que aquilo que eu buscava por detrás da máscara de cada mulher que parecesse amar não era a presença dessa mulher, era a ausência de outra. A ausência da Lenia. Levando a um desejo de punição de quem não fosse a Lenia. Por essas mulheres não serem a Lenia. A punição da ausência de Lenia encontrada no lugar da essência oculta de quem não fosse a Lenia. Você entende o que estou a querer dizer?"

Respondi que sim, que isso mais ou menos já me tinha dito, que não me parecia difícil de entender que não conseguisse amar outras mulheres. Enfim, pelo menos durante algum tempo. Parecia-me perfeitamente normal o seu ressentimento por elas não serem a mulher que continuava a amar.

"Não, você não entendeu. Isso seria de fato normal, seriam coisas que passam com o tempo, como você disse."

Porque o que ele ainda não tinha dito, o que não teria tornado claro, foi que passou a desejar nessas outras mulheres, naquelas que se sentiam desejadas por ele, não a Lenia que elas não eram, mas a sua ausência. O que era uma coisa diferente, não era? Não uma presença viva mas uma esperança morta. Um corpo morto sepultado dentro dum corpo vivo. Como se a Lenia estivesse sempre a ser encontrada morta dentro do corpo de cada uma dessas mulheres. E como se a Lenia que estivesse morta fosse a essência oculta que ele procurava e que as outras lhe ofereciam julgando que era a essência delas que ele desejava encontrar. Como é que dizia o Shakespeare? *Nothing can we call our own but death*. Parou um momento a querer lembrar-se onde, como se achasse importante qual o contexto:

"É no *Ricardo II* ou no *Macbeth*?"

"*Ricardo II*." Eu tinha a certeza porque vi há pouco tempo uma excelente interpretação da peça. E acrescentei: "Há uma ótima tradução dessa frase em português: *Bem nossa só a morte*. Do António Patrício."

"Bem nossa só a morte. A morte à nossa espera ao virar da esquina, como se fosse Deus. Você escreveu isso na última página que me mostrou. E é isso. O amor da morte. O amor que mata." O Victor Marques da Costa a dar peso às palavras.

A conversa estava a tornar-se lúgubre. Interessante e sem dúvida reveladora, mas a sofrer de falta de ar.

De modo que não resisti:

"Porque o que não mata engorda, não é? Sim, deve ser isso."

Também me apeteceu aconselhá-lo a ler o António Patrício, que hoje em dia ninguém lê. Neste caso o *Dom João e a Máscara*, que teria vindo a calhar. Ou também o *Dinis e Isabel*, no qual depois do milagre das rosas Dinis fica com ciúmes sexuais do Deus que lhe roubou Isabel, santificando-a. Mas o Victor Marques da Costa não estava em maré de literaturas ou de notas de rodapé.

Ignorou a gracinha de o que não mata engorda, aliás várias vezes reciclada desde os tempos do meu amigo Luís Garcia de Medeiros no Café Gelo, e voltou à dele:

"Necrofilia, em suma."

Que portanto nada tinha a ver com os comportamentos machistas tradicionais, dos chamados *coureurs de femmes*, acrescentou como se a querer demarcar-se das banalidades quotidianas.

E explicou:

O tradicional *coureur de femmes*, versão ainda assim mais sofisticada dos nossos marialvas garanhões, era no fundo um pobre diabo que nunca consegue sair de si próprio, um onanista em corpo alheio. Poderia eventualmente aleijar de passagem quem encontrasse pelo caminho mas depois ficava-se por aí, embrulhado na sua própria autossuficiência intransitiva. Por isso eram homens tristes no seu contentamento. O seu comportamento era no fundo um disfarce, nada tinha do que pudesse ser entendido como um saudável exercício de liberdade sexual.

Um libertino, pelo contrário, teria pelo menos boas razões para se sentir satisfeito consigo próprio, a sua capacidade de sedução resulta de uma liberdade própria em demanda da liberdade de quem deseje partilhá-la, é um ato nobre, uma afirmação ativa de vida reciprocada.

Mas ele não. Ele não era nem uma coisa nem a outra. O seu comportamento, o comportamento daquele homem friamente cruel em que se tornara na sua demanda de Lenia — ou apaixonadamente frio, talvez fosse mais isso — não correspondia nem a uma coisa nem à outra. Era uma monstruosidade. Uma violação inominável.

E o Victor Marques da Costa concluiu:

"Portanto necrofilia, como eu disse. Por isso também lhe disse há pouco, quando cheguei do *Winterreise*, que você tinha razão — enfim, que poderia ter tido alguma razão — quando trouxe para a sua história o velho islamita brasileiro. Mas que não seria nem velho, nem islamita e que nunca poderia ser brasileiro. Porque ele não é do país das vogais ocultas, como eu sou. Você próprio disse, ou fez a sua inexistente brasileira que seria filha do seu inexistente islamita dizer em vez de si, que esse é o meu país. Que esse sou eu. Entendeu agora? Afinal o *Winterreise* termina com um velho a tocar um realejo que ninguém ouve, não é? Só os cães a rosnarem em volta."

Sim e não. De modo que respondi:

"Não, não sei se entendi."

Então imaginasse eu que, depois de muitos anos de demanda, ele tinha encontrado a terra prometida. O país que desejara no mapa inexistente.

"A Lenia Nachtigal?"

"Digamos mesmo que a encontrei nas circunstâncias que lhe contei. Aqui em Londres. Ela também a procurar-me durante todos estes anos. Não para me encontrar, isso teria sido fácil, como você disse bastaria um telefonema para o Ministério, mas para que eu a encontrasse. A questão é que esta era uma Lenia que tinha continuado a ter existência própria, a despeito de mim. Seria insuportável."

Ela tendo-se tornado tão diferente do que fora que ele não teria podido reconhecê-la. Tão diferente do que a ausência dela a tornara para ele que a sua reencontrada presença se tornara para ele numa usurpação de quem ela tinha sido. E ele, para ela, ter-se-ia tornado na memória de quem ela já não era, na imagem da sua morte em vida.

"Um de nós teria de matar o outro, você não acha? Como um ato de caridade. Como uma expressão de amor. E também o velho Otto, se era ele quem estava com ela. Se ainda havia o velho Otto."

"Foi isso que aconteceu? É o que você me está a dizer que aconteceu naquela noite?"

"Tudo o que lhe estou a dizer é que não seria a receita para um *happy ending*, meu caro senhor escritor. E que por isso há histórias que é melhor não querer saber como terminam. Você, que às vezes também é poeta, deveria saber que os grandes amores são assassinos. Que de fato matam. E que por isso são inconfessáveis. Inenarráveis. Lembra-se do que lhe contei sobre o meu pai e a minha mãe? Do que aconteceu ao seu grande amor? Intolerável, você não acha? Mas também redentor, depois de tanto tempo perdido a viver. Por isso fez muito bem em imaginar, em vez de mim, um velho possessivo que cultivasse a morte da mulher amada, noite após noite, na escuridão de um leito incestuoso. A encontrar nela o seu próprio vazio. Eros e Psique, não foi o que você disse? E até fez muito bem em contrapor-lhe uma outra Lenia que representasse a sua face solar, que fosse a dança de que a minha Lenia era o canto perdido. Duplicando-as para as fundir numa espécie de Perséfone, metade luz, metade escuridão, uma metade libertada por Eros, outra metade aprisionada por Plutão. Mas Psique não sabia se era Eros ou Plutão quem estava ao seu lado na escuridão e quis ver a face dele para se certificar, não foi? E por isso Perséfone regressou para sempre à escuridão e nunca mais pôde haver Primavera. A Lenia e eu ficamos sem presente, tornamo-nos apenas no muro que nos divide, sem passado e sem futuro. Os mitos dão sempre muito jeito, você também nisso tem toda a razão. Até se podem fundir uns nos outros, como os corpos dos amantes. Ou o velho Otto é que teria razão, se ele é que tivesse dito o que você imaginou que ele disse. De modo que você está a ver, um de nós tinha de morrer. Ou os dois. E o velho Otto. Mas por isso a nossa história também é uma linda história de amor. De um grande amor, você não acha?"

Não, não achava. Não sabia se achava. Na verdade não sei o que achar. O Victor Marques da Costa tinha-me dado a verdadeira conclusão da sua história e eu continuava a não saber o que fazer dela. E menos ainda o que fazer com o que seria a sua confissão, com o que era a sua confissão de um crime. Nem mesmo a saber se era mesmo uma confissão. Se era para ser entendida literalmente. Mas a saber também que a verdade pode ser o melhor disfarce da verdade.

Lembrei-me do que ele tinha dito quando me disse que se tinha reencontrado com a mulher que poderia ou não ser a Lenia Nachtigal. Que essa era uma mulher submissa, passiva, a querer agradar. Como todas as outras que ele tinha encontrado no lugar dela, portanto. A fazê-lo desejar puni-la. O corpo dela com uma cor de perfume diferente da mulher que tinha amado. E que portanto não podia ser a mesma Lenia, mesmo que fosse. E que portanto, digo eu agora, era como se ela já estivesse morta, como se ele a tivesse encontrado morta quando se reencontraram. Ela e a sua memória do passado. E portanto também o velho Otto. Não seria um crime. Seria uma metáfora. Seria Deus à espera ao virar da esquina.

Além disso não gosto de polícias.

Mas percebi que o meu indecifrado amigo Victor Marques da Costa, o construtor de mapas inexistentes, o sonhador de sonhos acontecidos, o Senhor Marquês da Costa devido ao acidente de uma vírgula, não iria dizer mais nada naquela noite. Que não iria esclarecer as essências da poesia nas aparências da prosa. A personagem Victor Marques da Costa já tinha abandonado o seu autor.

A S entretanto terminara o livro com princípio meio e fim. Decidiu juntar-se a nós. A conversa, naturalmente, tomou o rumo que ela lhe deu contando e melhorando o que tinha acabado de ler e depois contando coisas que ninguém tinha escrito. Já disse que a S é melhor contadora de histórias do que eu, chega à poesia pela via da prosa e não o contrário, como eu em vão tenho estado a tentar fazer.

Se calhar por isso é que ela não escreve as histórias que conta. Às vezes conta-me livros que leu, ou coisas que lhe aconteceram, e eu depois fico com a impressão de que eu é que li esses livros ou que estava presente quando essas coisas aconteceram, e até a corrijo se ela muda a história ao contá-la de novo a quem ainda a não tenha ouvido. Ela mudando a história consoante a pessoa a quem a destina, como cumpre a quem sabe contar e por isso não precisa de escrever. O que eu acho é que as personagens das suas histórias acabam sempre por ser as pessoas a quem ela as conta. É o seu modo de tornar a ficção em realidade. Eu faço o contrário, é claro. E depois ela lê as coisas que eu escrevo com muita atenção, com uma folha de papel ao lado, tomando notas para depois comentar. E sempre para melhorar. Enfim, logo se vê.

O Victor Marques da Costa despediu-se cordialmente da S, visivelmente melhorado pelas histórias dela, e saiu da minha com um inconclusivo até breve, a significar que talvez não fosse assim tão em breve.

Agora nunca mais será.

Segundo as notícias dos jornais portugueses o corpo do embaixador Victor Silva Marques da Costa foi encontrado em casa, numa sala com as paredes cobertas com mapas emoldurados, debaixo de uma grande janela com vista para o rio. Os vizinhos tinham-no ouvido tocar piano até tarde, como muitas vezes acontecia. Nessa noite tinham ouvido mais distintamente por ser verão e a janela estar aberta. De madrugada foram acordados pelos ganidos e uivos de um cão. A polícia confirmou que tinha encontrado um cão adormecido junto ao corpo. A causa da morte ainda não foi determinada. As averiguações continuam.

Impressão e Acabamento:
GRÁFICA STAMPPA LTDA.
Rua João Santana, 44 - Ramos - RJ